낯선 곳에서 살아보기

낯선 곳에서 살아보기

윤서원 지음

알비

Prologue

여행 말고 살아보면 어떨까

Q : 왜 한곳에 이렇게 오래 머물 생각을 했어? 왜 살아볼 생각을 한 건데?

A : 그동안 남들처럼 여행 참 많이 다녔던 것 같아. 버리거나 혹은 채우거나
하고 싶어서… 그렇게 홍콩, 방콕, 싱가포르, 브루나이, 상하이, 시드니 기타 등등
여러 도시를 여행할 때마다 내 마음속에는 항상 하나의 물음표가 남곤 했어.
'이곳을 여행하는 거 말고 살아보면 어떨까?'

Q : 거기서 산다는 건 뭔데?

A : 여행을 할 때는 다 좋잖아.
우산 없이 비를 맞아도, 타야 하는 버스를 놓쳐도, 가던 길을 잃어도…
다 좋잖아… 그런 게 여행이니까. 어차피 며칠 뒤면 떠나야 하니까…
그래서 다 아름다운 경험 아닌가?
근데 그런 '아름다운' 여행 말고, 몇 달간 푹 눌러앉아 살면서
좋은 것도, 나쁜 것도, 외로운 것도, 그리운 것도 다, 전부 다 있는 그대로
느껴보는 거… 그곳에 사는 사람들처럼 말야.
그게 산다는 거 아닐까?

Q : 근데 그 많은 시간을 두고 왜 하필 지금 떠났던 건데?

A : 솔직히 인정하기 싫지만 나는 백수야. 시간은 많은데, 돈은 없는…
글을 쓰겠다고 회사를 그만두고 어찌어찌 흘러 1년 반을 보냈더니,
자의 반 타의 반… 백수가 되어 있더라고.
어느 날 아침 눈을 떴는데, 나만 갈 데가 없구나..라는 생각에,
멀쩡하게 잘 다니던 회사 때려치우고 여기까지 온 게 잘못한 일일까 라는
생각에 좀 힘들었어.

틀리지 않는 선택이라고 생각했지만, 틀릴까 불안했거든.

어쩌면, 때로는, 마음이 시키는 일을 한다는 게 틀릴 수도 있겠다 두려워했거든.

딱히 답도 없고, 어딘가 훌쩍 떠나고 싶다 했을 때

"여행 말고 살아보면 어떨까?"라는 물음표가 마음에 둥둥 떠올랐지.

아… 가고 싶다!!!!! 했지만…

벌어놓은 돈 까먹고 있는 백수에게 이건 좀 무리다 싶었어.

다녀오면 통장이 밥 줘! 라며 빽빽 울어댈게 뻔한데..

내 평생 제일 가난한 재정 상태는 생각만 해도 아주 아주 무서울 것 같았거든.

참 매정하지만 이게 현실이니까…

근데 가고 싶다는 마음이 껌딱지처럼 딱 붙어 있는 거야.

"지금 아니면 영영 못 갈 걸?! 지금은 돈은 없어도 시간은 넘치잖아."

"나중에 몇 달을 빼서 갈 수 있을 거 같애?

"나중에 언제?" 라면서…

남들이 혹은 또 다른 내가 답 없는 현실에서 도망치는 거라고 해도

괜찮다 싶을 만큼 가고 싶었어.

그래서 일주일을 넘게 고민했어.

한 천 번쯤 갈까 말까 나 자신한테 묻고 또 물었을 그때.

그만 생각하자, 그만 고민하자, 그냥 가버리자. 라며
비행기 표를 예약해버렸어. 까짓거 모 아니면 도인 인생, 한번 사는데
하고 싶은 대로 하고 살자는 마음으로…
뭐 한 번 더 질러도 크게 달라질 건 없겠다는 마음으로….
내 인생의 넘버 쓰리 안에 드는 영화 같은 순간이었지.

Q : 근데 왜 하필 보스톤이었는데?
A : '세계 최고의 명문 하버드, MIT, 레드삭스 펜웨이 야구장, 프리덤 트레일 등등등등이 멋지잖아!' 라고 말하고 싶지만 사실 이유는 간단해.
미국 보스톤에 있는 내 홍콩 친구 베키가 공짜로 숙소를 제공해주겠다고 했거든.
또 그 덕에 뉴욕이며 샌프란시스코며 미국 여기 저기 여행 좀 하고 싶었어.
그게 비행기 표 하나 딸랑 들고, 보스톤에 살러 간 가장 큰 이유야.
좀 쪽팔리지만….그게 백조에게 가장 구미가 땡겼거든.

자, 이제부터
미국에서 3개월 동안 살면서 느꼈던 내 인생 이야기 들어볼래?

Contents

STAGE, 3 할 수 있는 만큼까지

STAGE, 4 미련없이 너를 잊는 법

STAGE, 5 내일이 없는 것처럼

Contents

stage. 1
낯선 시간을 걷다

STAGE, 1

낯선 시간을 걷다

내 뜻대로 움직이려면…….

새 노트북을 샀다.
가져온 노트북을 두어 번 땅으로 떨어뜨렸더니
맛이 완전히 가서 쓸 수가 없는 지경이 되어버렸기 때문이다.
어차피 돈 벌면 다시 사려고 했고
살 거면 더 싼 미국에서 사는 게 정답이라는 핑계로
12개월 할부로 구매한 새 노트북을 막 꺼냈을 때.
때마침 걸려온 엄마의 전화…….
자랑질 좀 했더니,
"이노무 지지배, 안에서 새는 바가지 밖에서도 새냐"며
욕 한 바가지만 얻어먹고 본전도 못 건졌다. 된장!!!

그나저나 새 노트북의 키보드가 너~무 낯설다.
A를 눌렀는데 S가 눌러지고, J를 눌렀는데 H가 눌린다.
한동안 길을 들여야 하나보다.
손에 길이 들기까지는 A가 S로 눌러져도
J가 H로 눌려도 그러려니 해야지.
결국, 물건이든 사람이든 길들이는 정성이 들어가야
내 뜻대로, 내 마음대로 움직일 수 있는 건가 부다.

내 인생도 내 마음대로 움직이려면 연습이 필요하겠지?
한 번, 두 번, 세 번…….
그렇게 가다 보면
어느 순간 내가 원하는 방향으로 이끌어 나가는 힘이 생기겠지.

튼튼한 50년을 위한 기초 다지기

나 뚱뚱해지는 건 싫단 말이야!!!
체중계 눈금을 몇 번이나 확인하고 또 확인했다.
평소에 운동은 숨쉬기 운동만 선호하던 터라
따로 시간 내는 운동 따윈 out of mind.
하지만 더 먹고 덜 움직이는 생활방식이 계속되자 몸이 무거워졌다.
급기야 한국에서 가져온 바지를 입으면 꽉 끼는 불편함까지 느낄 정도….
거울을 보니 한숨이 푹푹 나온다.
'휴~~ S라인 쭉쭉 빵빵은 아니어도 봐줄만 했는데 어쩌다가…….
한 번에 훅 가지 않으려면 자나 깨나 살 조심해야겠다!'
그렇게 이틀에 한 번꼴로 한 시간씩 걷기 운동을 시작했다.
코스는 찰스 강을 따라 이어진 보스턴 대학교 캠퍼스.
일주일을 잘 간다 싶었는데 갑자기 발목이 아파졌다.
심한 통증으로 그 다음 날 한 발자국도 못 나가고 집에서 쉬게 되자
내 상태가 걱정된 친구가 전화를 걸어와 "너 준비운동은 했어?"라고 묻는다.
"아니, 나 그런 거 따로 해본 적 없는데?!"
"너도 참!! 준비운동 5분이 운동의 50분을 좌우하는데, 왜 그걸 안 해?
기초 공사를 제대로 해야 튼튼한 집을 짓지!"

돌아보니 그동안 준비운동 없이 한 일도, 사랑도 제대로 된 게 없었다.
잘하겠다는 욕심만 앞서 무턱대고 달려들어 결국 마음이 삔 건 나였다.
마음의 기초공사, 그거 하면서 살아야겠다.
그래야 앞으로 튼튼한 50년 인생 잘 살아볼 수 있을 테니!

세상에
쓸모없는 건 없다

걸레질하다가 모서리로 잘못 밀려나 쨍그랑하고
깨져버린 꽃병. 헉!!! 이거 내가 아끼는 건데…….
손 바들바들 떨며 조각난 꽃병을 치웠다.
그리고 세면대에 담가둔 꽃을 꽂을 만한 그릇을
이리저리 찾고 있던 그때 내 눈에 들어온 유리잔 하나.
며칠 전 Samual 맥주 공장 체험 갔다가 기념으로
받아온 아이인데 이가 살짝 나가 컵으로도
못 쓰게 돼서 버리려고 쓰레기통 옆에 놓아두었다.
혹시나 해서 가져와 꽃을 꽂아 보니
어머 웬걸! Samual 로고 덕분에 빈티지함이
확 사는 게 돈 주고 산 꽃병보다 훨씬 낫다.
컵이 아닌 꽃병으로 변신한 유리잔.
그래, 세상에 쓸모없는 건 없네.
모든 건 제 자리에 있을 때 이렇게 빛나는 건데
나도 내 자리에 빛나는 날이 오겠지.

어쩌면 처음부터 컵이 아닌 꽃병의 운명을
타고났던 유리잔. 그래 넌 처음부터 컵이
아니었나 보다. 꽃병이 되려고 이가 나갔던 건가 보다.

Samual adams 맥주 공장 체험 | 보스턴 맥주 Samual adams가 생산되는 공장으로 맥주가 만들어지는 과정을 견학하고 직접 맥주도 마셔볼 수 있는데 시음한 잔은 기념품으로 가져갈 수 있다. 물론 모든 게 다 공짜. 그래서 더 좋았던…….

PLEASE
ENTER
HERE
SAMUEL
ADAMS
Take pride in your beer.
Welcome to the
SAMUEL
ADAMS
Brewery Tours!
PLEASE have your
ID READY

안 보여도 직진

'엄마양, 나 어떡해. 길 잃은 거 같아.'
가도 가도 보이지 않는 골든 게이트 브리지 '비스타 포인트'
소살리토 선착장에서 비스타 포인트까지 걸어가기로 한 나의 미련한 결정에
사정없이 어퍼컷 뒤퍼컷을 날려댔다.
'조금만, 조금만 더 가면 돼.' 하다 보니 벌써 30분 이상을 걸어왔다.
이제는 되돌아갈 수도 없는 상황. 결국, 도보까지 없어져서,
차도로 걷는 중이다.
엄마 찾아 삼만리도 아니고. 참 지랄 맞다. 겁도 없이!
이 타향만리에서 남자도 돈도 없는 게 겁까지도 상실하면 어쩌라고.
택시, 택시! 하고 싶었지만, 순간 밑도 끝도 없이 왔던 나의 똥고집에
시동이 걸렸다.
그래 죽기야 하겠어. 가보자. 그렇게 나는 길의 일부가 되어 걷고 또 걸었다.
얼마나 지났을까?!
앗싸! 드디어 보인다. 비스타 포인트! 결국, 도착했구나.

살아보니, 가고 싶은 곳은 어떻게든 가게 되는 것 같다.
그게 누구에게는 빠르고 또 다른 누구에게는 느릴 뿐.
꼭 가고 싶은 곳이 있다면 안 보여도 직진해야 하지 않을까?

비스타 포인트 | 샌프란시스코 골든 게이트 브리지를 감상할 수 있는 2개의 명당 포인트(포트 port, 비스타 vista) 중 하나. 페리를 타고 소살리토를 들러 구경 좀 하고, 비스타 포인트 도착해서 일몰 시간에 맞춰 골든 게이트 브리지를 걷는다면, 왜 golden인지 알 수 있다.

살아보니, 가고 싶은 곳은 어떻게든 가게 되는 것 같다.
그게 누구에게는 빠르고 또 다른 누구에게는 느릴 뿐.
꼭 가고 싶은 곳이 있다면 안 보여도 직진해야 하지 않을까?

보스턴 센트럴 도서관에서는 컴퓨터, 스마트폰 활용, 재무 관리 등 다양한 무료 교육 강좌가 열린다. 강좌에 참여하면서 영어 듣기 실력도 향상하고 친구도 사귈 좋은 기회였던 것 같다. 처음에는 그냥 책 보러 갔다가, 이렇게 저렇게 쑤시고 다니다가 이런 교육 프로그램이 있다는 걸 알았다. 궁하면 통한다고, 몸만 하나 떨궈도 살아남을 수 있구나 싶다는 생각을 했었다.

매일 넘치는 자신감으로 살아갔으면

보스턴 센트럴 도서관에서 들은 Gmail 활용 교육.

'지메일의 가장 큰 장점은 그 용량이 무한대로 늘어난다는 것이죠!'

빨간 머리의 강사는 '무한대로'를 빨간 동그라미로 여러 번 겹쳐가며 강조했다.

아무리 쓰고 써도 늘어나는 지메일 용량처럼,

무한대로 늘어나는 자신감으로 하루하루를 살았으면 좋겠다.

지금, 서른넷의 내가 새로운 일을 향해 전진할 때 가장 필요한 건

용기이고 확신이니까.

이십 대까지는 새로운 도전이 그리 어렵지 않다.

아프니까 청춘이므로 까짓거 한 번쯤 넘어진들 상관없다.

하지만 삼십 대의 도전은 다르다.

만약 쓰러지면 다시 되돌리기 쉽지 않으니까.

사회는 서른 썸씽의 청춘에 아주 냉정하다.

나이가 많다며 이게 안 되고 저게 안 된다는데…….

아니, 왜?! 이렇게 파릇파릇한데 말이야.

그러니 나의 도전은 계속되는 거겠지.

지금의 내 선택이 최선이라고 믿으면서.

두려움이 없는 사람은 없지만,

두려워도 앞으로 나가는 것이 용기

급하지 않지만 중요한 일

시내에 나갔다가 어디서 많이 본 남자의 동상을 발견했다.
아~ 이 사람. 벤저민 프랭클린이 보스턴에서 태어났구나.
사회생활을 시작하면서 쓰기 시작한 프랭클린 planner.
그 플래너의 맨 앞 장에는
'인생을 사랑한다면 시간을 낭비하지 마라.
왜냐면 인생은 시간 그 자체이기 때문이다.'
라는 벤저민 프랭클린의 말이 적혀 있다.
그가 만들었다던 시간 관리 체계를 고대로 옮겨 놓은
플래너 쓰는 핵심은 오늘 해야 하는 일을 4가지로 구분하는 것.
'급하고 중요한 일, 급하지 않지만 중요한 일, 급하지만 중요하지 않은 일,
급하지도 중요하지도 않은 일' 이렇게…….

그의 수제자가 된 것처럼,
플래너로 하루 24시간을 1분 1초 단위로 나눠 쓰며
그렇게 plan이라는 걸 하고 살았었다.
직장인이 다 그렇듯 당장 발등에 떨어진 불 꺼대느라,
급하지만 중요하지 않은 일에 대부분 시간을 쏟으면서.
나의 스승님 같던 벤저민 프랭클린이
시간을 소중히 하라는 의미는
급하지 않지만 중요한 일에, 이를테면 내 꿈같은 일에 시간을 쓰라는 거였을 텐데.
내 인생을 내 뜻대로 이끌면서 살라는 거였을 텐데…….

다행이다.
지금이라도 내 인생의 시간을 내가 하고 싶은 일에 쓰고 있으니…….
살아지는 대로 생각하지 않고, 내 생각한 대로 살고 있으니…….

내 인생의 키다리 아저씨

"어, 키다리 아저씨다!!"
자유의 여신상을 바라보고 있는 내 그림자에 대고
시나가던 꼬마가 신기하다는 듯 혼잣말한다.

나도 어린 시절, 어딘가에 있을 키다리 아저씨를
꿈꾸며 스물넷의 군인 아저씨와 펜팔을
주고받았던 것 같다.
12살 꼬마가 앞뒤 안 가리고 쏟아 부었을
이런저런 얘기 다 들어주고,
휴가 나와서는 그 꼬마 좋아하는 핫브레이크
한 상자를 안겨준, 그 마음 참 고마웠는데.

아…….근데 군인이 돈이 어딨다고,
엄청 미안하네.
게다가 나이가 스물넷이라니
그 아저씨 지금 생각해보면
완전 핏덩어리야.
혹 다시 만나게 되면 밥이라도
한번 사야겠다.

시간은 흘러,
12살의 펜팔 소녀는
34살의 혼기 꽉 찬 처녀가 되었다.
이제 서른넷이 된 나에게 마음 쏟아낼
대나무 숲이고,
부족한 통장 잔고 채워주는 키다리 아저씨는
찾아올 수 없겠지? 안 되겠지?
나도 안다. 하지만 그래도 괜찮아!!!!!!
내 인생의 키다리 아저씨.
그냥 내가 하면 되지 뭐.
그게 더 현실적이잖아.

Take
yourself
there

그린 라이트

뉴욕과 뉴저지를 연결하는 링컨 터널 안.
가변차로의 푸른 등이 깜빡이고 있다.
달릴 수 없는 차로는 순식간에 씽씽 달릴 수 있는 길이 되었다.

내 인생의 가변차로에서 깜박이는 그린 라이트를 모른 척 못 해서,
좁고 고르지 않은 도로일 줄 알면서도 차선을 변경했다.
그리고 이제 돌아보니 그건 결국 가느냐 마느냐의 선택일 뿐
옳고 그름의 문제가 아니다.
어떤 쪽이든 후회를 덜 하는 쪽으로 택하면 그만이다.

'달릴 수 있음'이라는 파란 등이 깜빡이는 내 인생의 가변차로.
그런데 뻥 뚫린 가변 차로를 눈앞에 두고
그 어느 차도 차선을 바꾸지 않았다.
옆 좌석에 앉은 승객에게 이유를 묻자
"길이 좁고, 도로 면이 고르지 않은데
굳이 위험을 감수할 필요 없잖아요."라고 대답해준다.
하지만 저 그린 라이트를 따라가면
원하는 곳에 더 빨리 다다를 수 있을 텐데…….

브레이크 타임

"앞으로 15분간 제빙 시간입니다. 다들 잠시 밖으로 나가 주세요."
뉴욕 브라이언 파크의 아이스 스케이팅장에서 안내방송이 흘러나오고 있었다.
날카로운 스케이트 날로 여기저기 홈이 파인 빙판이 숨을 고르는 시간.

그래, 이렇게 하다못해 빙판도 쉰다는데, 나에게도 쉬는 시간이 필요했던 게
당연한 거 아니야? 자발적인 백수로 살아온 일 년 반의 시간
틀린 선택일까 봐 불안했지만 잘 쉬었지 뭐.
덕분에 살면서 푹 파였던 내 인생의 홈, 구멍들
살살 달래주며 제대로 메꿔줬으니까.
세상아!!! 나랑 다시 한판 뜨자.

글을 쓰겠다는 선택이 틀리지 않았다는 거, 이제부터 보여주겠어!

브라이언 파크 | 뉴욕 공립 도서관 바로 옆에 위치. 영화에도 많이 등장하는 뉴요커가 사랑하는 공원으로 겨울에는 아이스 스케이트장으로 변신하기도 한다.

nothing to lose 라는 마음으로…….

"수사나, 다 반대하는 결혼 할 때 걱정 안 됐어요?"
"잃을 게 뭐가 있어. 그래 봤자 이혼인데 뭐!
난 그냥 포크 들듯이 편하게 했을 뿐이야."

40년 전, 아르헨티나에 파견 온 10살 연상의 미국인에게
3개월 만에 시집간 겁 없는 젊은 처자 수사나는 올해 62세.
현재는 보스턴의 어느 병원에서 에스파냐어-영어 통역사로 일하며
가고 싶은 곳은 혼자라도 떠나는 보스턴의 꽃할매다.

기회가 한 번뿐이라고 생각할 때마다 마음이 무거워졌다.
꼭 해내야 한다는 지나친 부담감 때문에
오히려 내 능력의 반도 못 보여주고 끝나버렸던 기회들.
그냥 편하게 내 실력 다 보여줬으면 되는 거였는데…….
이제부터는 뭐든지 포크 아니, 밥숟가락 들듯이 편하게 해야겠다.

잘 넘어지는 요령

"야 그럼 넘어질까 뛰지도 못하겠다. 그럼 평생 안 뛸래?"

여섯 살 정도 된 어린아이가 동생을 다그친다.
'얼~ 짜식! 니가 나보다 낫다야.'

하다가 실패할까 봐 그만둔 일들이 얼마나 많은가를 세어본다.
꼭 한 번뿐인 첫사랑에 내 마음을 고백하지 않은 걸 시작으로
하나, 둘, 셋……. 열까지네. 이…. 이렇게 많았나?
솔직히 뛰다가 넘어지고 싶지는 않지만,
뛰다가 넘어질 수도 있는 게 당연하지 않나?
또 넘어져 봐야 잘 넘어지는 법을 배우게 되니까.
평생 안 넘어질 수 없다면 빨리 넘어져 보는 게 낫다고 생각한다.
까짓거 넘어지면 일어나 다시 뛰고, 또 넘어지고
그렇게 가다 보면 생각한 그곳에 가 있겠지.

어른이 되는 소원

'Your wish is granted.'라며 어떤 소원이든 다 이뤄주는
마법사 '졸타'를 눈앞에 두고, 가슴이 두근거렸다.
라스베이거스의 '뉴욕 호텔'을 둘러보다가 우연히 만난 보물 같은 순간.

어린 시절, 톰 행크스 주연의 〈Big〉이라는 영화를 보며,
나는 주인공 조슈아와 함께 그에게 야무진 소원을 빌었다.
'어른이 되게 해주세요!'라고

어른이 되면 뭐든지 다 할 수 있는 슈퍼우먼이 되는 줄 알았다.
살아보니, 나이를 먹는다고 다 어른이 되는 건 아닌 것 같다.
진정한 어른은 몸뿐만이 아니라 마음이 'Big' 해져야 하지 않을까?
이를테면 나를 응원하는 마음 같은 거.
너그러운 시선으로 오늘의 나를 보듬어주고 내일의 나를
기대해주는 기특함 같은 거.
어쩌면 그게 남자도 직업도 그리고 이제 머니마저도 없어
'똥메달'도 못 되는 내가
이렇게 어른이 되는 여행을 다니는 이유일지도 모른다.
언젠가는 '금메달'이 될 거라는 믿음을 한가득 품고서.

ZOLTAR

나 자신에게 솔직해지자

라스베이거스의 베네시안 호텔. 이탈리아 베네치아를 그대로
옮겨다 놓은 듯한 호텔이라 그런지, 베네치아 가면을 파는 가게를 발견했다.
"중세시대 서민들이 이 가면을 쓰고 귀족 놀이를 하곤 했대요.
이렇게 아름다운 가면이라면 벗기 싫었겠죠?" 점원의 설명을 듣다 보니
한때 나란 사람을 예쁘게 포장해줬던 삐리리 회사라는 가면이 떠올랐다.
그때 그 가면을 벗지 않았으면 어땠을까?
버리고 나서야, 따박따박 나오는 월급 명세서가 이렇게 소중했구나 싶다.
'아닌 건 아니다.' 라며 내가 너무 유난 떨었던 건 아닌가 싶다.
하지만 이건 그저 버린 자의 넋두리일 뿐,
그때의 나는 그때의 나를 위한 최선의 선택을 했다는 걸 안다.
솔직히 이 길이 틀린 걸까 봐 조마조마할 때가 있다.
가끔 너무 불안하고 걱정돼서 어디론가 숨어 보지만
그곳에서 흘려야 할 눈물 다 흘리고, 질러야 할 소리 다 지르고
다시 내 길 위에 서게 된다.
그렇게 앞으로 앞으로 전진하고 있다.
만약 이러다가 안 되면,
가진 돈마저도 다 떨어져 벌어야 할 때가 오면
다시 평범한 직장인으로 돌아갈 각오도 하고 있다.
어차피 하고 싶은 거 해봤으니 후회는 덜하며 살 테니까…….

혹 나처럼 쓰고 있던 가면을 벗으려고 하는 누군가가 있다면,
버리고 떠나라! 가슴이 시키는 일을 해라! 라는
남들의 말에 솔깃해져 욱~하기 전에,
먼저 나 자신한테 솔직해졌으면 좋겠다.
떠나든, 떠나지 않든 그건 결국 그 솔직함에서 나오는 거니까.

그 어떤 타이밍도 내가 정하는 거야

샌프란시스코로 향하는 비행기 안에서 내 작은 메모장을 펼쳤다.

"포기하고 싶은 게 아니야,
나는 변하고 싶어.
내가 원하는 게 뭔지도 모르고 살 수는 없잖아.
진짜 행복을 찾고 싶어. 내 인생을 찾고 싶어"
- 〈eat, pray, love〉 중에서 -

떠나야 할 이유도 없지만, 그렇다고 떠나지 않을 이유도 없었다.
어떤 일을 하는, 하지 않는 타이밍…….
그 타이밍은 내가 결정하는 거다.

FISH & CHIPS
HAMBURGERS
SANYOK
GALLERY
Canon
Canon

운명이 정해져 있다면

나는 그때 마음을 정했다.
나쁜 운명을 깨울까 봐 살금살금 걷는다면
좋은 운명도 깨우지 못할 것 아닌가.
나쁜 운명, 좋은 운명 모조리 깨워가며
저벅저벅 당당하게 큰 걸음으로 살 것이라고.
- 〈살아온 기적 살아갈 기적〉 중에서 -

이미 선택한 내 길이
틀릴 수도 있다는 생각이 들 때
자꾸만 들여다보게 되는
장영희 선생님의 말씀.

STAGE, 2

사랑해, 더 늦기 전에

딱 10년, 아니 5년만 젊었으면 좋겠다

"모바일 청첩장이 도착하였습니다. http://rufghs.com"
미국에 와서 받은 2번째 결혼 소식.
한동안 연락이 뜸했던 한때의 썸남이 연락해왔다.
'이제 너마저도 가는구나…….
연봉 5천이 훌쩍 넘고 공기업에 다니는 너를 잡아야 했던 걸까?'
이대로 혼자 남겨질 거라는 불안이 밀려오더니
급기야 멘탈이 가출했다가 겨우 돌아왔다.
"칵 퉤! 잘 먹고 잘 살아라."

똥차 가면 벤츠가 온다던데…….
살다 보니 다 믿을 수 없지만
그냥 그렇게 믿기로 했다.

휴~ 그동안 너무 재고 따졌던 걸까?
딱 10년만, 아니 5년만 젊었으면 좋겠다.
그럼 딱 반으로 쪼개진 운명의 반쪽 따윈 다 집어치우고,
이 남자 저 남자 안 가리고 만나볼 텐데.
확 그냥, 막 그냥.

Geary
P
Sutter-Stockton Garage

죽기 전에 더 늦기 전에

"요즘은 연애를 쉬고 있어요."

아무렇지 않게 툭툭 내뱉는 크리스틴이 눈앞에 앉아 있다.

연애를 밥 먹듯이 아주 아주 자연스럽게 해내는 그녀를 보면 부러워 미치겠다.
산에 가면 함께 등산해 줄 남자, 바다에 가면 해변을 같이 걸어줄 남자 등등등등.
'그대가 원하는 곳이라면 내가 어디든 데려가겠소!'라는
든든한 '그놈' 리스트를 가진 女 카사노바 크리스틴.
월화수목금토일 매일 다른 누군가와 만나면서 눈곱만큼의 죄책감도 느끼지 않고
그 상황을 오히려 삶의 활력으로 만들어내는 그녀는 '진짜' 나쁜 년일까?

저런 '멋진' 나쁜 년이라면
'아!!!! 뼛속까지 한번 돼보고 싶다!!'
착한 여자는 죽어서 천당 가고, 나쁜 여자는 살아서 어디든 간다던데
죽어서 천당 안가고 살아서 어디든 가보게…….
죽기 전에, 더 늦기 전에.

서른넷의 여자가 연하에게 눈독 들이는 이유

끽~~~!

뉴욕에서 보스턴으로 돌아오는 메가버스 안.

100km를 넘게 달리던 앞차가 급브레이크 밟았다.

다행히 사고는 나지 않았고

그 뒤로 그 차는 주행속도 60km를 지켜가며

안전하게 고속도로를 달리고 있다.

서른넷의 여자에게도 브레이크가 필요한 걸까?

하지만 한번 높아져 버린 콧대와 안목은 어쩌라고!

동화 속에 나오는 잘생기고 돈 많은 왕자님을 바라는 건 아니다.

하지만 서른넷의 결혼 시장은 암담 그 자체다.

미끼를 던졌다 놨다 하는 진정성 없는 어장관리남 아니면

결혼하면 맞벌이는 기본, 애는 누가 키워줄 거냐며

계산기 두드리는 얌체남 아니면 결혼 말고 연애만 하자며

누구 혼사길 막으려는 비혼남이 즐비하고,

그나마 봐줄 만한 남자들은

키높이 구두가 필요한 키를 가졌거나 머리숱이 없다.

나한테만 어려운 걸까?

높아진 안목을 포기하지 않는 이상 이제 정답은 연하뿐인가 보다.

만약 그것도 안 되면, 한참 어린놈이나 하나 데려다 키워야겠다.

화초 키우듯이 잘 키워봐야지.

여자를 감동시키는 건 참 쉬운데

뉴욕의 엠파이어스테이트 빌딩에서 야경을 감상할 때.
관람객들에게 빙 둘러싸인 채 한 남자의 수줍은 프로포즈가 이어지고 있었다.
반짝거리는 뉴욕의 밤하늘을 배경으로
가슴 안쪽에 몰래 감춰둔 장미꽃 한 송이를 꺼내 전하는 것.
그게 고백의 전부였다.

'아 진짜 부럽다!'
내 마음에서 자체 포토샵 효과가 마구마구 일어났다.

여자를 만족하게 하는 건 어렵지만, 감동을 주기는 이토록 쉽다.
장미꽃 한 송이, 달달한 말 한마디면 충분하지 않은가!
남자들이여,
우리가 지구를 구해 달랬니?!
이렇게 쉬운데 도대체 왜 안 하는 거냐고!

H&M

남자들이여,

우리가 지구를 구해 달랬니?!

이렇게 쉬운데 도대체 왜 안 하는 거냐고!

삼십 대 싱글의 불치병

햇볕은 쨍쨍 모래알은 반짝거리는 마이애미 해변의 초콜릿 비치.
나의 첫 번째 기항지 프로그램은 바로 이곳에서 반나절의
자유 시간을 보내는 것이었다.
미드나 영화에서 나오던 그 비치를 룰루랄라 걷고 또 걸을 때,
모래알로 빵 만들며 어른놀이 하는 아이들의 소꿉장난에 웃음이 빵 터졌다.

"여보 오늘 하루 고생 많았어. 자 이거 먹어봐. 내가 직접 구운 케이크야."
"와 당신이 최고야! 알라뷰."
아~~ 나도 얼른 임자 만나 이런 소꿉장난 진심! 하고 싶다.
그렇다고 혼자 할 수도 없고 혹 아무하고나 시작했다가 무를 수도 없잖아.

결혼한 유부녀 친구들이 제창한다.
결혼하고 얼마 안 가면 마법의 콩깍지 벗겨지게 되어있다고.
'여보 자기 사랑해 하던 소꿉장난은' 너 죽네 나 사니 하는 전쟁놀이로 변할 테니,
"사랑만 뜯어 먹고는 못 살아, 넌 능력 있는 남사 만나라"
"시월드라면 치가 떨려 시금치도 안 먹어, 넌 고아 만나라"며
결혼 안 한 내게 신신당부한다.
'그래도 너흰 했잖아.'라며 말하면,
쫙 찢어진 눈을 흘겨가며 '너 가져갈래?'라고 되받아치곤 하는데…….
너무 많이 듣고 봐왔던 탓일까.
안 그래도 남자 고르는 눈이 신중한 데, 더 신중해진다.
결혼 그거 정말 어렵다!!!!
그나저나 무슨 주제로 시작해도 남자, 연애, 결혼으로 끝나는 건
삼십 대 싱글의 불치병인가보다. 진짜…….
그냥 접싯물에 코 박자!

기항지 투어 | 크루즈 프로그램 중 하나로 어느 특정 도시에 내려서 여행을 하고 다시 배에 오르면 되고 프로그램마다 별도의 비용을 내야 한다.
내 경우는 8박 9일의 바하마 크루즈를 타는 동안 미국 마이애미에서 초콜릿 비치 코치 투어, 바하마 나소 돌고래 체험 투어, 바하마 프리포트 호핑 투어, 이렇게 총 3번의 기항지 프로그램을 이용했다. 어차피 평생 한 번뿐인데 아무리 백수라고 해도 충분한 가치가 있다고 생각했으니까…….

하룻밤의 사랑

포트락 파티에서
여자들의 돌직구 수다가 한창이다.

"설사 네가 원나잇 스탠드를 해도
누가 너한테 뭐라고 할 거야?
그러니까 내 말은 하고 싶은 거 다 해보고
한국 가도 된다는 말이야."
쿨하고 화끈한 돌싱인 그녀가 시원하게 내지른다.

하룻밤의 사랑.
그 사랑이 우스운 나이 서른도 넘었고,
굿나잇 키스가 굿모닝 키스로 변해야 정상인 이 미국 땅에서
남들은 밥 먹듯이 하는 그 짧은 사랑을
난 왜 못하는 사람일까?
어려운 사람일까?
'으이그 이 밥통!!!!
그래, 못하는 건
그냥 편하게 포기하고
이 밥통에 어울리는 내 주걱이나 찾아야지.'
'주걱아~~~ 어딨니?'

끝날 때까지 끝난 게 아니다

'아 배불러! 소화 시킬 겸 FenWay Park로 산책 가야겠다!'

집에서 종종걸음으로 십여 분이면 도착하는 FenWay Park.
이곳에 갈 때마다 보스턴에 살고 있음을 피부로 느끼곤 한다.
야구장 주변을 살살 걷던 어느 날,
문득 〈9회 말 2아웃〉이라는 드라마가 생각났다.
가슴팍에 팍 꽂히는 대사에 홀딱 반했던 야구와
인생 이야기가 가득한 드라마였는데…….
어쩌다 보니 내가 주인공 난희와 참 닮아있네…….
서른을 갓 넘긴 난희는 불확실한 미래에
한숨 푹푹 쉬다가도 금세 기운을 차리고,
제대로 된 독립도 못 해 친구 형태네 얹혀살지만
'그래! 까짓거 끝까지 가보는 거야. 9회 말 2아웃이잖아.' 라는
당당한 백수였다.
그러다 드라마 끝에서는 형태의 사랑 고백을 받아 진짜 9회 말 2아웃에
홈런을 터트렸고…….

FenWay Park | 미국에서 가장 오래된 야구장으로 레드삭스팀의 홈그라운드로 유명한 곳이다.

하지만 나는 안다. 이게 드라마일 뿐이라는 걸.
이렇게 쉽게 터지는 홈런이 현실에는 없으니깐.

살면 살수록 인생의 성공은
좋은 남자를 만나는 것보다 스스로를 사랑하는 것이라는 생각이 든다.
그러니 하루하루 나를 사랑하면서 내 인생의 9회 말까지 가보련다.
가는 그사이, 난희처럼 손 꼭 붙들고
늙어갈 내 남자 만나는 홈런을 빵 터트리겠지.
언제 어디 선지는 모르겠지만, 터지긴 할 거야. 하겠지……. 해라…….
끝날 때까지 끝난 게 아니니까.

로맨스가 필요해

서프라이즈 만남을 좋아하던 6살 연하의 그.

오늘도 어김없이 문자 하나를 보내왔다.

두근두근 설렌다.

"오늘 일찍 끝나는데 보스턴 커먼에 있는 Thinking Cup에서 볼래요?"

'으이그, 볼래요? 말고 보자고 말할 순 없냐?'라는 속마음을 감추고

"알았어. 그때 보자."

만나면 실실 쪼개면서 내 마음을 들었다 놨다 들었다 놨다 하는 그.

'너만 좋다면 누나도 좋다! 샤방샤방한 너 같은 연하라면 내가 접수할게!'라며

그와 썸타기를 시작했다.

하지만 바쁜 그의 스케줄에 나는 점점 지쳐갔다.

'걔는 나한테 썸남이 분명한데, 나는 걔한테 썸녀일까?'라는

의심이 들기 시작했다.

그런데 분명한 건 우리 사이에 확신이 없다는 것!

혼자만 썸타는 모냥 빠지는 짓도

혼자만 활활 타다가 꺼지는 마음도 싫었다.

흔들릴지도 모르는 마음을 무장하기 위해

그의 연락을 씹고 그의 번호를 지워버렸다.

'내 인생의 터닝 포인트에 선 지금,
내 남자의 마음만은 확실히 하고 싶다는 욕심이 큰 건가?'
마음을 어지럽히던 썸타기에 마침표를 찍은 날
냉장고에서 얼음처럼 차가운 맥주 한 캔을 땄다.
원 샷~~~~
정신 차리자!

서른넷의 나에겐 썸도 못 되는 스코어 아니라 로맨스가 필요하니까…….

내 인생의 독립선언서는 언제?

"여기는 미국의 독립 선언서가 최초로 낭독되던 곳입니다."
보스턴의 Old State House 앞에 섰더니, 때마침 문화유산 해설사의 설명이
이어지고 있었다. 서른을 넘기고서부터 몇 년간 나를 괴롭히는 두 글자, '독립'.

"나는 오늘부로 엄마 왕국으로부터 경제적, 정신적으로 독립하는 바입니다."라는
내 인생의 독립선언. 그거 마음으로는 아마 999번쯤 했을 거다.
하지만 아직 독립할 준비가 안 되어 있는 걸?!
엄마와 지지고 볶고 싸우는 전쟁에서 매번 지고 마는 이유도 이놈의 준비다.
'독립해!'라는 엄마 말의 속뜻이 결혼에 있다는 것도 알겠지만
그거 할 수 있었으면 벌써 하고도 남았네.
"다시 취업해서 방 뺄 거야. 그때 후회하지 마"라며 최후의 반항을 하지만
그 방 뺄 수 있을지 모르겠다. 그건 다시는 돌아올 수 없는 강을 건너는 건데
무턱대고 나갔다가 내 임자 못 만나면 어떡해…….

밖에서 돌아와 어두컴컴한 현관문을 평생 혼자 열 수 있는 깜냥이 솔직히 없다.
마음이 독립할 준비가 될 때까지는 몸이 독립을 못 하는 이유다.
게다가 이제는 돈도 없고…….
언제쯤 나의 독립 선언서가 엄마 앞에서 낭독될 수 있는 걸까?

Salem
Witch
Museum
1692

마녀가 되고 싶다

미국에서도 '마녀 사냥'이 있었다니.
메사추세츠 세일럼에 있는 마녀 박물관에 방문했을 때,
17세기 말 실제 교수형을 당한 19명의 마녀 스토리를 듣고 깜짝 놀랐다.

그때와 달리 지금은 여기저기 마녀가 대세다.
남자를 맘껏 쥐었다 폈다 하는 팜므파탈의 또 다른 이름이 마녀니까 말이다.
아, 나도 마녀가 되고 싶다. 내가 마녀였다면
다이아몬드를 사주는 김중배 같던 그도,
사랑을 주는 이수일 같던 또 다른 그도,
다 내 남자로 만들었을 텐데. 하지만 버스는 이미 떠났고…….
앞으로 올 남자는 김중배의 빵빵한 경제력에
이수일의 찐~한 마음을 동시에 가진 사람이면 좋겠다.
그때까지 마녀 비스무리 한 거라도 되어야 하는데
여우도 못 되는 곰이라서 안습이다.

〈마녀사냥〉의 곽정은 카운셀러 만나러 가야 할까 보다.
근데 날 만나주기는 하려나??

세상에서 단 하나뿐인 해피 뉴이어

우리는
저스트 갓 메리드 커플의 달달함 따위는 부럽지 않아!

왜냐하면
같은 티셔츠를 입고
같은 칵테일을 주문하고
같이 추억의 이야기를 나누며
해피 뉴이어를 하는 내공은 그냥 쌓이는 게 아니니까…….

지금까지도, 앞으로도 보기 힘들
뉴요커 호호 할머니, 파파 할아버지의 해피 뉴이어.

지금껏 봐온 수많은 해피 뉴이어를 다 합쳐도
이렇게 좋은 충격으로 오지는 못할 듯하다.
충격적이고 신선한 해피 뉴이어.

2013년 해피 뉴이어 카운트다운이 시작되기 몇 시간 전.
뉴욕 타임스퀘어 진입에 실패하고는 들어간 어느 Bar.

호호 할머니 파파 할아버지가 회춘하셨나?
같은 티셔츠를 입고 같은 마티니를 주문하고
같은 추억의 이야기를 나누는
저 캐주얼함 속 클래식함.
저렇게 나이 먹어도 신혼일 수 있구나.

남자와 여자라는 거 빼고는
하나로 꼭 겹쳐지는 노부부의 모습.
아 저렇게 늙어가고 싶다.
2013년의 마지막 날 일기장에서

내 임자는 따로 있다

"나 들어와서 은근 선 많이 봤어. 삼성맨, 한전 다니는 남자,
중학교 수학 선생님 등등등등. 근데 하나도 안됐어.
직업 빼곤 다 내 스타일이 아니야. 정말이지,
그 떨거지들에게 나를 맡기기엔, 내가 느므느므 아깝다……."

3년간의 해외 파견 근무를 마치고 한국으로
돌아온 친구가 라인 톡으로 소식을 전해왔다.
돌아와 가장 먼저 한 게 남자 고르는 일이었다고
맞선업체에 회원으로 가입하고 만난 몇 차례의 맞선 이야기를
피를 토하듯 격분하며 쏟아내기 시작했다.

"처음 만난 남자는 듬직하게 생겨선 마마보이였어.
말끝마다 엄마, 엄마! 이건 아니다 싶었지.
두 번째는 막내였는데, 위로 누나가 6명이나 된대.
시누이 시집살이 엄청나게 할 거 안 봐도 빤해.
세 번째는 정말 다 좋았거든. 근데 머리숱이 없더라고.
서른 넘어가니 키보다는 머리숱인 거 알지?
그렇게 하나도 못 건지고 돈 다 날렸어."

근데 난 돈 굳은 걸 행복해야 할까??

'안 괜찮아'도 괜찮아

라스베이거스로 향하는 사막을 달리고 있었다.
뭔가 허전한 기분에 가방을 뒤적거리다가 내 눈에 들어온 비스킷.
뭐든 큰 미국 사이즈가 부담스러워 반을 잘랐는데
신기하게 하나로 딱 들어맞았다.

"비스킷 너도 이렇게 딱 반으로 쪼개져서, 하나로 꼭 맞는데
30년도 더 기다린 나의 반쪽은 대체 어디에 있는 거니?"

순간 뚝 떨어진 눈물.
이건 무슨 청승이냐 싶었다.
'남자 없이 혼자 하는 여행만 다니다가 미쳤다 미쳤어! 으이그!!!'

그동안 '여행은 혼자 다녀야 제맛이지!'라는 교리 아래
'혼자 여행 종교'를 설파하던 나였는데
돌아보니 그 여행에는 항상 무언가가 허전했다.

그건 바로 함께해주는 누군가의 빈자리.
더 솔직히 말하자면 내 남자의 빈자리.

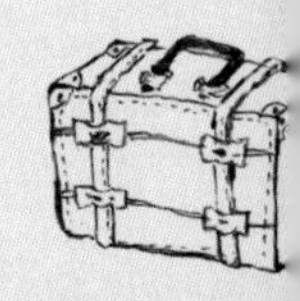

그 사실을 애써 모르는 척 혼자 참 많이도 다녔다.
하지만 두려웠던 거였다.
평생 혼자 하는 여행만 하다가 눈 감게 될까 봐.

아~~~안 괜찮아도 괜찮은 척 그만하며 살아야겠다.

DSW

밀당은 평생 하는 거다

그 유명하다던 부에나비스타 bar에서 아이리시 커피를 마시고 있을 때
"안녕, 난 제이크야. 너 어디서 왔니? 이름은 뭐야?"
라고 물어오는 20대 중반 즈음 돼 보이는 남자.

샌프란시스코를 여행하는 내내
버스에서도, 길에서도, bar에서도 낯선 남자들이 자꾸 말을 걸었다.
차 한잔 하자, 밥 한 끼 먹자며 자꾸 대시를 해왔다.
앗! 이건 뭐지? 라며 미국에서 처음 당해보는 길거리 헌팅에 든 별의별 생각.
여기 물에 약이라도 탔나? 아니면 내 얼굴이 샌프란시스코에서 먹히는 건가?
이것도 아니면 내가 순진해 보이니까 막 던지는 건가?

얘네들 너무 들이대니, 한동안 잠잠했던 철벽녀 모드가 발동하기 시작한다.
그들은 점점 다가오고, 나는 점점 물러나고
간만에 하는 이 밀당에 떠오른 한 지인의 '밀당론'
"넌 남친하고만 밀당하는 줄 알지?
아니야, 결혼하면 남편이랑도 밀당을 해야 해.
남자란 종족이 원래 그래!!! 밀당은 평생 하는 거다, 너!!"
휴~~ 썸, 연애, 결혼 그 내내 밀당을 해야 하다니…….
좋은 티 싫은 티 팍팍 나는 나 같은 사람한테는 무지 힘들 것 같다.
그나저나 밀당이든 밀당 할아버지든 하기 전에
죽은 연애 세포를 살려야 하는데…….
내 연애 세포에 심폐소생술 해줄 그놈 얼른 찾아야 하는데…….

STAGE, 3

할 수 있는 만큼까지

내 마음의 119

"아프면, 당연히 911을 불러야지!"
옆에 앉아 있던 친구가 나를 빤히 쳐다보며 대답한다.

몸만 하나 딸랑 챙겨온 이방인인 내가
만에 하나 이 이국땅에서 아프면 어떻게 하느냐는
내 질문을 아주 심드렁하게 받아넘긴다.
그러고 보니 한국에서 살면서 119를 한 번도 불러본 적이 없구나.

119 부르기. 당연한 건데.
하지만 몸이 아프면 119를 부른다 치고,
마음이 아프면?
어떤 날, 이유 없이 마음이 시큰거리거나,
혹은 땅으로 쑥쑥 꺼지는 그런 날에는
무엇을 불러야 하는 걸까?
살면서 몸보다 마음이 아픈 날이 더더더더 많은데…….
내 마음의 119는 대체 어디에 있는 거지?

The Steaming Kettle
STARBUCKS COFFEE
CT DENTAL BOSTON
(617) 723-6300
STARBUCKS COFFEE
STARBUCKS COFFEE
STARBUCKS COFFEE
STARBUCKS COFFEE
STARBUCKS COFFEE

삼십 대의 향수병

20대 초반 어학연수를 위해 중국 베이징에서 한동안 머문 적이 있었다.
한창 젊음을 불사를 때라 친구들이 생각나고 가족도 그립고
그냥 이유 없이 한국의 모든 것이 간절해져 툭하면 눈물을 흘리곤 했다.
그러던 어느 날, 같은 반 언니의 자취방에 놀러 가게 되었다.
갓 서른을 넘긴 미혼인 그녀에게 나의 찐~한 향수병에 대한
고단함을 토로했다.
내 나이 또래와 다르게 깊은 내공이 쌓인 속 시원한 해결책을
듣기를 기대하면서.

"언니, 한국에 안 가고 싶어? 난 내가 공간 이동하는 초능력이
있었으면 좋겠다. 그럼 지금 당장 가게.
엄마표 두부 김치찌개도 먹고 싶다.
진짜 진짜. 언니는 어때?"
"응. 난 아주 쬐~끔. 근데 그것보단 이것저것 눈치 안 보는 지금이
속 편하고 좋아."

그땐 참 이상하다 했다.
하지만 이제는 알 것 같다.
서른을 넘긴 언니들에게 일탈이 왜 그토록 반가웠는지.
'돼지우리 같은 방 좀 치우고 살아, 시집은 언제 갈 거냐.'라는
잔소리 안 들어 속 편하고,
김치찌개?! 두 손 뒀다 뭐해, 먹고 싶으면 끓여 먹으면 되는 거잖아.

거짓말을 진짜처럼

까다롭기로 유명한 미국 입국 수속 대 앞.

두근두근. 조마조마.

드디어 내 차례다.

아 된장! 눈이 옆으로 쫙 찢어진 여자 직원한테 걸려버렸다.

왜 왔느냐, 얼마나 머물 것이냐, 어디서 지낼 것이냐 등 내 앞으로의 신상에 관해

꼬치꼬치 캐묻고 쑤셔대기를 벌써 10여 분. 끝이 안 보인다.

그녀가 유독 집착하는 질문은 왜 하필 3개월이냐는 것.

짧은 며칠의 여행이 아닌, 무비자 3개월의 시간을 꽉 채우는

동양의 젊은 여자가 꽤 신경이 쓰이나 보다.

나만 집중 공격하는 그녀에게 짜증이 확 밀려왔다.

아, 진짜. 사람을 뭐로 보고! 나는 미국에 불법 체류할 생각 눈곱만큼도 없다고.

드럽고 치사해서 '안 가!' 라고 말해버리고 휙 돌아서고 싶은 마음이

굴뚝 같았지만, 그 마음과는 다르게 그 질문에 어울릴만한 참 '그럴듯한' 대답을

했다.

"미국여행 책 좀 쓰려고 왔는데요."

그리고 이어진 쾅쾅쾅! 입국 도장 스탬프.

개뿔, 책은 무슨! (그 당시 책을 쓸 생각은 안 했다)

아, 정말 솔직히 말하고 싶었다. 그냥 3개월간 살아보려고 왔다고.

하지만 그렇게 하면 분명 입국 거절로 한국으로 돌려보내질 테니.

왜 살면서 그렇게 많은 거짓말을 진짜처럼 해야 하는 걸까?

살아남겠다고 참 애쓰네. 진짜…….

미국 무비자 체류 기간 | 최장 3개월까지 허용하고 있지만, 한 번에 너무 길게 머물거나 자주 이용하면 입국 거절의 사유가 된다고 한다. 처음 입국할 때도, 바하마(영국령 제도)에서 돌아오며 재입국할 때도 나에게만 유독 까다로웠던 입국 심사 때문에 짜증이 많이 났다.

452

빠이빠이~ 미리 사서 걱정하는 버릇

"지랄 맞다!! 잠 좀 자구 싶다. 진짜!"

하루, 이틀, 삼일……. 일주일 째 밤을 꼴딱 샜다.
젯레그를 생각보다 심하게 앓는 중이다.
새까만 다크 서클은 벌써 턱까지 밀려 내려왔다.

"죽겠다 죽겠어, 이러다 영영 적응 못 하면 어떡해?"

누구는 젯레그를 한 달 내내 겪었다더라…….
라는 인터넷 카더라 통신까지 접하자 못 자는 것보다,
못 잘 것 같다는 생각에 덜컥 겁이 났다.

"적응 못 하면 돌아가야 하나?!"

그러나 일주일이 딱 지난 그 다음 날,
나는 언제 그랬냐는 듯 꿈도 안 꾸는 단잠을 잤다.
실제로 일어나지도 않을 일들, 왜 미리 두려워하며 살아왔을까?!
서른을 훌쩍 넘고서도 크게 달라진 게 없었네.
이제 미리 사서 걱정하는 버릇들, 너희와도 안녕해야겠다.

서울-보스턴 시차는 13시간이다.

열려라. 참깨~~~ 보스토니안!!

'아, 된장!! 친구 사귀는 게 하늘의 별 따기보다 어렵다.'

보스토니안 너흰 왜 이렇게 못돼 처먹은 거야…….

나 같은 생활 여행자한테 마음 좀 열어주면 안 되니?

열려라. 참깨~~

아, 몰라 몰라. 집에 가서 발 닦고 잠이나 잘래.

보스턴은 미국 내 그 어느 도시보다도 유럽풍의 분위기가 넘치는 곳이다.
도시뿐만 아니라 그 안에서 사는 사람 보스토니안도 무지하게
보수적이고 고고하다.
근데 이걸 모르고 왔다. 프랜들리한 아메리카만 생각하고 왔는데.
준비 없이 왔다고 된통 당하고 있나 보다.

며칠째 일부러 길을 묻고 다니고, 커피숍에서 눈도 맞춰 봤지만, 허탕만 쳤고.
오늘도 기운만 빠진 채 집으로 돌아와 침대에 털썩 누워버렸다.

'여행과 생활은 진짜 다른 건가 봐.'

여행을 갔을 땐, 하루에 친구 몇 명 사귀는 건 일도 아니었는데.
소속도 신분도 없이, 그냥 살러 와 보는 게 무리였나?
뭐 이미 온 건데, 후회하면 뭐해.
그렇다고 이렇게 있을 수만은 없잖아.
자꾸 뭐라도 시도하다 보면 방법이 생기겠지.

이렇게 조용히 왔다가 흔적 없이 사라지는 여행자로 머물러야 하는 걸까?

아냐 아냐.

무모한 짓이라도 지금은 무조건 직진.

그래 한 번 가보자. 못 먹어도 고다!

이미 뛰어들었는데, 발만 살짝 담그지 말고, 풍덩 빠져보자고.

니네 다 죽었어. 내 매력에 빠져 허우적대지 마.

아우 이렇게 헤매다 보니 남는 건 자백이구나.

현지 친구를 사귈 수 있는 meet up

보는 순간 '그래 이거야!'라며 필이 딱 꽂힌
커뮤니티 모임 'meet up.'

내 미국 생활의 목표는
현지인들처럼 밥 먹고, 차 마시고, 수다 떨면서 하루를 보내는 것.
그러니까 3개월간 현지인처럼 살아보기였다.
그러려면 제일 필요한 건 현지인 친구인데,
일부러 길 묻고 다니기, 커피숍에서 눈인사 맞추기 등
혼자 한 며칠간의 노력은 다 허탕을 쳤기 때문에 다른 방법이 필요했다.

보스토니안 너희 팔뚝 굵다고 씩씩거리며
이런저런 방법을 찾던 중 알게 된 meet up은
마치 하늘에서 내려온 동아줄 같은 느낌이랄까?!
역시 궁하면 통하나 보다.
발견한 그 자리에서 눈에 레이저 발사하며
관심이 가는 약 20개의 모임에 가입했다.
걷기, 사진 찍기, 여행, 음식&문화 토크, 2, 30대 싱글 모임 등등
친구를 만들기 위해 나는 거의 매일 meet up 모임에 나갔다.

물론 결과적으로는 대성공.
하지만 중간에 개고생 좀 심하게 했다.
이상한 년, 수상한 놈, 바람 맞추는 년, 유혹하는 놈 등등
참 다양한 인간 지뢰밭을 지나야만 했으므로…….
보수적인 보스토니안이라고 해도 똘끼 충만한 인간들,
개 진상 떠는 인간들도 많다는 걸 그때 알았다.

좋은 게 있으면 나쁜 것도 있는 건가 보다.
나쁜 게와도 그러려니라고 담담하게 받아들여야 하는데,
예민한 성격 탓에 힘든 적이 많았다.

'태산이 높다 하되 하늘 아래 뫼'라고
너희는 그 뫼도 뭣도 아닌데…….

meet up | 전 세계 웬만한 곳에서 운영되고 있는 온 · 오프라인 모임이다. 어학연수 없이도 현지 친구들을 사귀면서, 영어도 늘려갈 좋은 기회다. 취미나 관심분야로 사람들이 모이는 자리이므로 한 달 이상 길게 체류할 사람들에게 강추!!! 개인적으로 워킹walking 모임이 제일 무난하고 좋았다. 걷는 것 외에도, 밥도 먹고, 차도 마시고, 공연도 같이 보며 많은 친구를 만들었다.

하고 싶은 만큼이 아니라, 할 수 있는 만큼까지

콜록콜록! 콜록콜록~~!

눈을 떠 시계를 보니 새벽 3시.

오늘도 지독한 기침 때문에 눈을 떴다.

한 달째 나를 죽일 만큼 괴롭히는 감기가 싫고,

도무지 적응 안 되는 쌀쌀맞은 보스턴 소사이티는 더욱 싫다.

'보스토니안 너흰 왜 이렇게 못돼 처먹은 거야.

난 정말 할 만큼 다했다고!!!!!

일부러 길 묻고 커피숍에서 눈 맞추고 meet up 모임에 매일 나갔는데…….

내가 할 수 있는 모든 걸 다했는데,

결국 친구 하나도 없이…. 이 꼬락서니 하고는…….

그래, 이곳은 나랑 안 맞는 곳인가 보다. 차라리 유럽여행이나

다녀오는 게 나을 뻔했어.

그만 집에 돌아가자. 이렇게 아픈데 뭘 더 해?'

그렇게 항공사 홈페이지에서 집으로 돌아가는 날짜를 확인하던 중

갑자기 내 안의 다른 목소리가 들려왔다.

'넌 할 만큼 다한 게 아니라, 하고 싶은 만큼만 다한 거야!

이렇게 돌아간다면 후회 안 할까?

돌아갈 때 돌아가더라도 딱 한 번만 더 해봐!

너의 선택은 틀리지 않았어.'

그래서 나는 딱 한 번 더 가보기로 했다.

그리고 요술쟁이 할머니가 마법을 부린 것처럼

그 날 이후 내 베스트 프렌드 라우노를 만나는 것으로 시작해 많은 친구를

만나 몸이 열 개라도 모자라는 시간을 보내게 됐다.

살아오며 만난 크고 작은 인생의 고비들, 그때마다 절박했던 순간들.

그 순간엔 정말 다 때려치우고 그만두고 싶었다.

하지만 딱 그때뿐이다.

딱 그것만 지나면 되는 거다.

다림질을 하다가…….

혼자 사는데도 다림질할 게 뭐가 이렇게 많아?
빨래에 다림질까지. 안 하던 거 하면 죽을 때라는데…….
쓱싹쓱싹 벌써 다섯 벌 째다.
셔츠며 바지며 구겨진 옷 주름이 싹 펴졌다.
몇 벌 더 하다간,
세상에서 다림질이 제~일 쉬웠어요 라면서 다림질 달인 되겠다.

근데 이렇게 다림질처럼
한번 구겨진 마음이 쓱싹 펴질 수 있으면 세상에 힘든 일은 없겠지?
그러면 삼겹살에 소주 한잔 하는 재미는 없어지겠네.
그건 싫은데…….

ALTERATIONS
& REPAIRS

자유와 책임은 정비례

난생처음 나를 위한 '요리'를 만들었다.
지글지글 굽고, 보글보글 삶아 완성한
멋지고 근사한 스테이크 한 접시, 그리고 와인 한 잔.

혼자 살게 되면서,
내가 먹고 싶은 걸 마음대로 해 먹을 수 있는 자유가 생겼다.
하지만 그 대신
고기는 붙지 않게 한 덩어리씩 지퍼 팩에 밀봉해서
양파와 채소는 신문지로 둘둘 말아서
먹다 남은 와인은 세워서 보관해야 하는 책임이 생겼다.

독립이라는 건
늘어나는 자유만큼 책임져야 할 것들도 늘어나는 건데
그동안 자유만 알고 책임은 모른 척하고 싶었던
이기적인 마음, 제대로 반성 중이다.

지금 나 철들고 있는 걸까?

더 나은 삶을 선물해주는 욕심

'아~~~ 술 땡긴다. 진짜.'

오늘 내 마음이 아주 뾰족하다.
분명 좋아하고 원하는 일을 하고 있는데도,
왜 힘들 때가 그렇게 많은지 설명이 안 된다.
나한테만 이렇게 어렵고 지랄이냐.

'괜찮아. 잘 가고 있어'라는 포근한 위로도,
'너 정신 똑바로 안 차릴래?'라는 따끔한 충고도 좋다.
지금의 나에겐.

잔뜩 날 선 마음을 가라앉히고 생각해보니 그건 욕심이었다.
뭐든 내 뜻대로 움직이려는 마음.
꼭 한 번뿐인 내 삶을 사랑하다 보니 가끔 그 욕심에 체할 때가 있다.
하지만 이 마음 덕분에 여기까지 올 수 있었겠다 싶어,
어두컴컴한 방에서 소주 한 잔 들이켠다. 캬~

힘들 땐 나 힘들어! 라고 솔직해지는 것도 중요한 것 같다.
이유 없이 힘들어서 어두컴컴한 방에서 소주 한 잔 들이켠다. 캬~

이유가 있으면 어떻고, 없으면 어때.
그냥 힘들 수도 있는 거지.

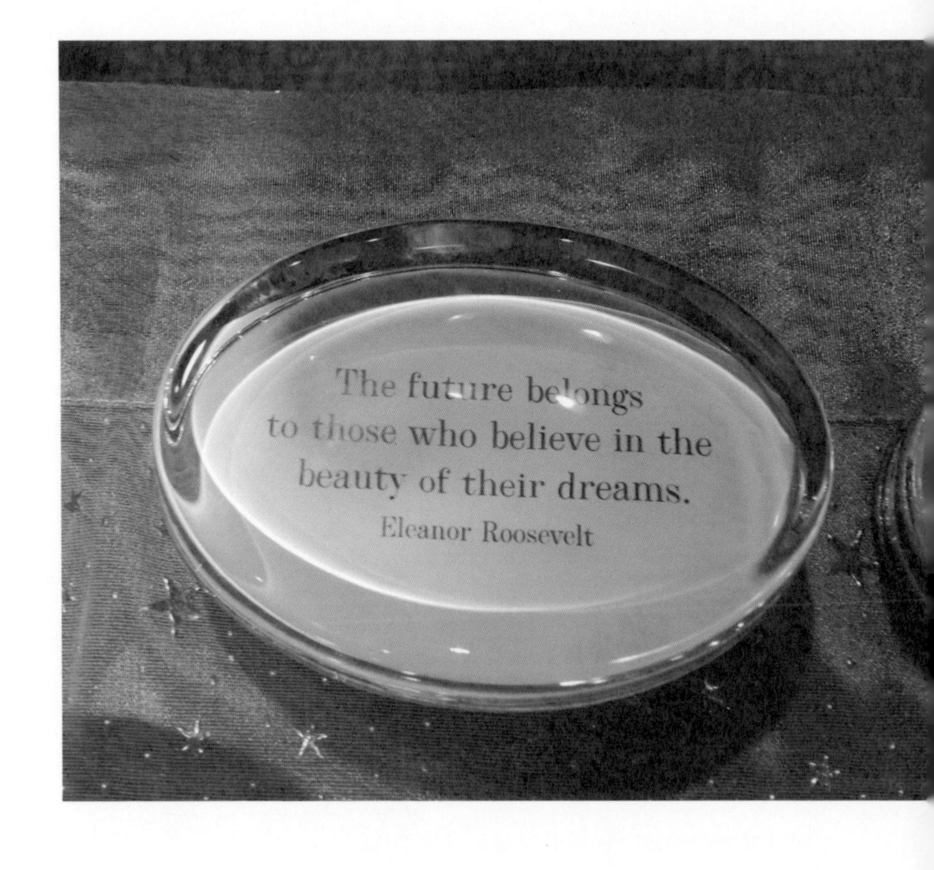
The future belongs
to those who believe in the
beauty of their dreams.
Eleanor Roosevelt

집에 가고 싶은 순간

'악!!!!!!'

머리를 감다가 욕조의 수챗구멍을 보고 주저앉고 말았다.
한 뭉텅이의 머리카락에 막혀 물이 안 빠지고 있었던 것.

'이제 머리까지 빠지고 지랄이야.
그동안 머리숱 없는 남자는 욕하면서 쳐다도 안 봤는데
지금 나 그 벌 받고 있는 거니?'

여자에겐 풍성한 머리칼이 자존심인데,
그 자존심이 와르르 무너질까 봐 통곡을 하고 말았다.
여행이고 나발이고, 당장 한국으로 컴백 홈하고 싶은 심정이 하늘까지 치솟다가
겨우 마음을 가라앉혔다.
그리고 인터넷 카더라 통신을 이 잡듯 뒤졌더니
탈모 방지에는 저자극 샴푸와 스트레스 안 받는 긍정적 사고가 필수란다.
당장 유기농 마트 whole food로 달려갔다.

"여기 제~일 비싸고 제~일 효과 좋은 샴푸 주세요!"

마음이 한결 편해졌다.
그리고 집으로 돌아와서 가부좌를 틀고는
'자, 마인드 컨트롤! 내 머리숱은 풍성하다. 풍성하다…….'라며 자기최면을 건다.

얘들의 효과? 쬐끔, 쥐똥만 하게 진짜 쬐끔. 그저 덜 해졌을 뿐이다.
며칠이 지나도 머리칼은 우수수 가을 낙엽처럼 떨어진다.

나의 미국 생활은 이렇게 탈모라는 주홍 글씨를 남기고 마는 걸까?
'그래! 그깟 머리 빠지는 것 때문에 한국에 돌아갈 수는 없잖아.'라고 생각했지만,
돌아가고 싶었다.
진짜, 정말, 진심으로.

Made in heaven

칫솔질을 위해
치약을 들고 나서 보니,
한구석에서 발견한 made in heaven이라는 글씨.
이름 한번 잘 졌네~

치카치카 하다가, 씩~ 웃고 있는 나.
치약을 짜듯 억지로 짜내는 행복이 아니라,
치약을 짤 수 있는 두 손이 있기에 행복하다는 걸 발견하고서

이렇게 간단히 행복해질 수도 있었는데
그동안 행복은 왜 그렇게 어려웠을까?

매일매일 행복할 수는 없지만,
잘 찾아보면 행복한 일은 있는 것 같다.

눈에서 멀어지면 마음은 더 가까워지는 게 가족

'띵띵띵 띵띵띵~~띵띵띵 띵띵띵~~'
라인 톡의 응답 통화 버튼을 누르자
쌍둥이 여동생 표 쌍욕이 따발총으로 쏟아진다.

"야 이년아! 너 손가락 부러졌냐! 왜 이렇게 연락이 없어?
너 납치된 줄 알았다. 이 썩을 년!"

남의 나라에서 혼자 아픈 내가 걱정됐는지
한국 시각 새벽 2시에 내게 전화를 걸어 준거다.
욕이 한 바가지 가득한 거친 말을 쏟아내는데도 그냥 눈물이 났다.
꼭 내 옆에서 걱정해주는 것 같은 동생이 고마워서…….

애인은 눈에서 멀어지면 마음에서도 멀어진다는데,
가족은 눈에서 멀어지면 마음은 더 가까워지나 보다.

가족, 친구들과 통화할 때는 라인 톡을 많이 이용했다. 통화할 때 끊김도 없이 감이 좋다.
써보니 국제 전화와 비슷한 정도.

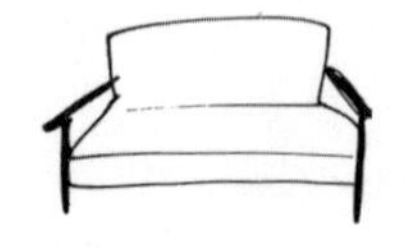

남의 나라에서 혼자 아픈 내가 걱정됐는지 한국 시각 새벽 2시에 내게
전화를 걸어준 거다. 욕이 한 바가지 가득한 거친 말을 쏟아내는데도
그냥 눈물이 났다. 동생이 시집가기 전까지 한집에 살며
참 많이도 티격태격했다. '니꺼네, 내꺼니'하며 남들보다 2배는
더 싸우며 살아왔던 것 같다. 싸운 만큼 미운 정이 들어서일까…….
동생에게만큼은 고운 정보다 미운 정이 더 반가울 때가 많다.

가끔 겉모습보다는 알맹이가 진짜일 때가 있다.
지구 반 바퀴 저 너머에서 나를 마음으로 보살펴주고 있다는 따뜻한 느낌.
고마웠다. 반가웠다.

"이젠 그만 좀 찾아와주면 안 될까?"라는 말을 꺼냈다.

그에게 내 집을 알려주는 게 실수였다.
무거운 짐을 들어주어 고맙다고 생각했는데…….
으이그, 이런 미련 곰탱이.
나를 좋아한다는 걸 왜 눈치를 못 채고 그르냐.
내가 첫사랑이랑 너무 닮았다나 뭐라나. 그리고 당황스럽게 고백을 해왔다.

"근데 넌 내 첫사랑이랑 안 닮았어.
내가 너랑 잘 될 확률은 0.0000000%고.
그런 일은 내 두 눈에 흙이, 아니 시멘트를 들어다 부어도 안 될 일이야.
왜냐면……. 너는 여자잖아……."

미국에서 왜 오라는 남자는 안 오고 여자라니.

단군 신화 속의 웅녀는 쑥과 마늘을 먹고
곰에서 여자가 되었는데,
나는 무얼 먹고 곰탱이에서 여우가 되나?
삼십 년 넘게 곰 같은 여자로 살았으니,
앞으로는 여우 같은 여자로 살아 봤으면…….

난 여우 하고 싶다고, 곰 말고!!!!

보이는 게 다가 아니다

보스턴의 하버드 캠퍼스의 규모는 어마어마하다.
하지만 하버드를 가봤노라고 말하는 대부분 사람들은
하버드의 설립자 존 하버드 동상이 있는 하버드 스퀘어쪽의 캠퍼스만 가본 거다.
붉은색 벽돌 건물들이 빼곡한 교정 말이다.

나도 처음엔 그게 하버드 캠퍼스의 전부인 줄 알았다.
그래서 꽤 자주 그곳에 가서, 존 하버드 동상의 다리를 만지고 또 만졌다.
언젠가 나 혹은 내 후손들이 하버드에 입학하게 해달라고 기도하면서…….

하지만 좋은 것도 한두 번이지,
신기함이 사라진 하버드는 그냥 그런 어느 대학교의 교정일 뿐.
그 뒤로는 하버드 스퀘어는 그냥 놀이터
친구 만나러 커피 마시러 밥을 먹으러 공연을 보러 아이쇼핑하러,
그리고 혼자 심심풀이하러 가곤 했다.

그렇게 하버드에 대한 환상이 여행객의 마인드에서
생활자의 마인드로 바뀌어 갈 즈음, 우연히 찰스 강을 너머로
또 다른 캠퍼스가 있다는 걸 알게 되었다.
그곳에는 비즈니스 스쿨과 스포츠 스쿨이 있었던 것.
다리를 건너 15분 정도를 걸어 도착한 비즈니스 스쿨은
전혀 다른 느낌의 하버드였다.

하얗고, 파랗고 세련된 건물들이 교정을 가득 채우고 있었다.
개인적으로는 이곳이 훨씬 조용하고, 아름답고, 편안했다.

하버드 스퀘어의 캠퍼스만 보고 왔으면
그게 하버드의 전부인 양 이랬다, 저랬다 떠들고 다녔을 텐데….
결국, 보이는 게 다가 아닌가 보다.

가이드 책에는 절대 안 나오는 하버드 스퀘어의 명소 공연장 Passim | Don't know why의 로라 존슨도 이곳에서 공연했을 만큼 미국 포크송의 대가들이 이곳에서 공연했다. 규모는 작지만, 공연을 보며 식사까지 할 수 있다. 보스턴 유학생들도 모르는 하버드 스퀘어의 씨크릿 플레이스.

H
COOP
ON GLOBE | BOSTON HERALD

P
assim

142/150
- HEAR+ NOW -

사랑과 우정 사이

"오늘 집에서 혼자 잘 수 있지?"

이렇게 시작된 내 유일한 보스턴 친구이자 룸메이트였던 베키의 외박.
하루, 이틀, 삼일…….
이제 아예 남자 친구네 집으로 이사를 가버렸다.
방이 휑하다~
든 자리는 몰라도 난 자리는 안다는데

여자한텐 정말 사랑이 우정보다 먼저일까?
아무리 그래도, 너만 믿고 지구 반 바퀴를 더 돌아 보스턴에 왔는데
며칠도 안 돼서 이렇게 가버리면, 나 어쩌라고!!
나쁜 년!!! 너 한국 왔을 때
내가 시간이며 돈이며 다 퍼주면서 서울 구경시켜줬는데…….
혼자 벽보면서 서운한 마음을 마구마구 쏟아냈다.

그렇게 오늘부로 난 정말 absolutely 하게 혼자다.
〈서바이벌 in 보스턴〉의 감독이자 주연이 돼버렸다.

보스턴아 안녕

'크아~~잘 잤다!'

손하고 발은 쭉쭉 뻗지만, 몸은 침대에 붙박이다.
꼼지락 꼼지락대면서 10분이고 20분이고 마음껏 퍼질러 있다.
아무 데도 안 가고 종일 누워 있어도 누가 뭐라 그래?
보스턴에서 되살아난 게으른 베짱이 본성으로
침대에서 혼자 중얼중얼 아침 인사 한다.

"보스턴아 안녕, 하늘아 안녕, 바람아 안녕, 그리고 나도 안녕!"

처음엔 '미친…….'그랬는데 이거 자꾸 하다 보니
누가 내 옆에 있는 것처럼 든든해진다.
내 유일한 친구 베키마저 남자친구네 집으로 이사 가버려서
허전했는데, 매일매일 해줘야겠다!!

서바이벌 in 보스턴의 하루는 이렇게 시작되고 있다.

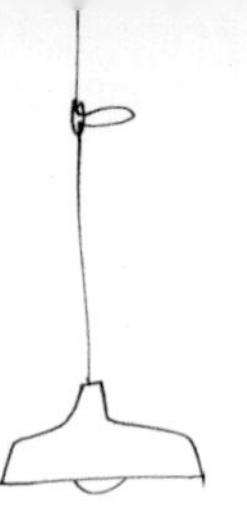

혼잣말이 늘었다

"너 누구랑 같이 있는 줄 알았어. 혼잣말이 왜 이렇게 늘었어?"

오랜만에 집에 온 베키가 맨 처음 꺼낸 말.

'된장, 왜! 너처럼 24시간 꼭 붙어 있을 사람 없어서 그런다.'라는 말은
속으로 찌그려 버렸다.

'이게 좋나 저게 좋나. 설거지를 먼저 할까 청소를 먼저 할까. 나갈까 말까.'라는
혼잣말이 느는 걸 보니 외로운가 보다.
외로워지면 어김없이 발병하는 증상. 혼잣말.
나 혼자 살아도 괜찮다 했는데 아닌가 보다.
보일러를 빵빵하게 틀어도 방이 추운 이유가 여기에 있었던 듯.
겨울은 점점 더 추워지는데 이 몸 하나 따뜻하게 해줄
늑대 목도리는 씨가 말랐나.

'에라~ 못 찾겠다 꾀꼬리.
그만 꼭꼭 숨고 나타나 줄래?' 라고
목이 쉬게 말한 지 벌써 삼십 년이 넘었는데도 아직이다.

어디 나타나 봐라.
100대만 맞고 시작하자.

위로는 힘든 마음을 알아주는 것

서점은 나에게 돈 안 들이고, 우아하게 시간을 보낼 수 있는 곳이었다.
거기에 생생한 영어 표현까지 공짜로 주워담을 수 있다 보니,
집 근처에 있는 BARNES & NOBLE 서점은 한마디로 나의 놀이터.
갈 때마다 어떤 책이 잘 팔리나 베스트셀러 코너를 기웃거려보면,
거의 매번 자기계발서들 종류가 떡 하니 넘버원, 넘버투, 넘버쓰리까지
자리를 차지하고 있었다. 역시 사람 마음은 다 똑같구나…….
돌아보니 나도 사람인지라,
'나는 이렇게 성공했다.'라는 자기계발서 읽으면서
끝내주게 잘 살고 싶었던 것 같다.
하지만 자기계발서의 저자처럼 똑 부러지게 인생을 사는 사람보다
그렇지 못한 사람이 더 많지 않을까?

365일 기쁘고 행복하면 그건 미친년이 되는 소증이니
닥터 만나러 가야지 않을까?

때론 자기계발서에 나오는 희망과 긍정의 말들이 지칠 때가 있다.
비전이 없고 희망이 안 보이는데 '하면 된다.'라는 말보다는
오히려 '되면 한다, 너무 어려운 길은 길이 아니다, 즐길 수 없으면 피하라' 라는
말들이 더 위로가 될 때가 있다.
그러고 보면 위로는 '힘내.'라는 말보다 '힘들지.'라는 말로
마음을 알아주는 게 아닐까?

$10.00

5불짜리 사치를 즐길 줄 아는 여자

'아, 저 부츠 갖고 싶다!
이 플랫슈즈는 나한테 진짜 어울리는데.'

Newbury street의 어느 슈즈 샵에서 정신 놓아버리고 있다가
500불이 넘는 가격을 보고 집었던 손을 놓아버렸다.
모아놓은 돈으로 사는 백수니까, 사고 싶다고 팍팍 살 수는 없는 상황.
아무 생각 없이 사고 싶은 건 사도 괜찮았던 옛날에는
커리어우먼 코스프레 하느라 필요 없는 것도 이쁘다는 핑계로 마구 사댔다.
백수가 된 뒤로는 나한테 필요한지 필요하지 않은지
구분하고 사는 좋은 습관이 생겼지만,
가끔 사고 싶은 거 맘껏 지르는 영혼 없는 직장인 시절이 그립기도 하다.

내 인생에 쨍하고 볕 들 날이 다시 오면 다 사 줄 거야. 딱 기다려!!!

발길을 돌려 꽃집으로 향했다.
오늘은 무슨 꽃을 살까?! 새빨간 장미? 노오란 프리지어? 연분홍 튤립?
일주일에 한 번은 꽃집에 들러 꽃 한 송이를 산다.
백수 여행자라는 내 처지를 훌쩍 웃도는 사치는 못 부리지만,
5불짜리 꽃 한 송이의 사치 정도는 나를 위해 얼마든지 부려줄 수 있다.
나 이런 여자야~~ 이쁜 꽃을 꽂아 놓은 책상을 바라본다.
이 순간만큼은 5불짜리 꽃 한 송이가 500불의 값어치를 하는 것만은 분명하다.
암 그렇고말고!

여자니까, 이런 작은 사치 나를 위해 부려주면서 살고 싶다. 앞으로도 쭉~~

뉴베리 스트리트 Newbury street | 부티끄 스타일의 상점, 레스토랑, 바 기타 등등 먹고 마시고 쇼핑할 수 있는 샵들이 즐비하다. 우리나라의 신사동 가로수길 정도. 노천카페가 많지만, 한겨울 동안에는 indoor로 운영해서 많이 아쉬웠다.

40대에겐 너무 파릇파릇한 30대

보스턴에 온 지 한 달 만에 한국인 모임에 나가봤다. 쏼라쏼라 꼬부랑 영어가 난무하는 미국 땅에서 한국어가 서라운드로 빵빵 터지니 정말 반가웠다. 그러나 그것도 잠시……. 사람들이 서로의 신상을 털기 시작한다. 그것도 나이부터 '몇 살이세요?'로 도돌이표가 가득한 음악을 듣는 것 같았다. 진짜.

"몇 살이세요?" "스무 두 살이요."
"몇 살이세요?" "스물다섯이요."
"몇 살이세요?" "스물일곱이요." ....
"몇 살이세요?" "스물아홉이요……. 좀 많죠?"

이제 내 차례다.

"몇 살이세요?"
"음…. 묻지 마세요."

내 나이 서른넷. 30km로 달리는 내 인생의 속도가 이렇게 빠른 거였나? 청춘을 청춘에 주기엔 너무 아깝다.

그게 얼마나 값지고 빛나는 건지는 청춘이 지나서야 알게 되니까.
이런 정신 상태로 스무 살로 돌아갈 수만 있다면 뭐든 다 할 텐데…….
하지만 나는 안다. 지금도 충분히 파릇파릇하다는 것을.
왜냐면 40대의 언니들은 또 30대인 나를 부러워할 테니까.
내가 네 나이만 됐어도 라면서.

이제는 빼도 박도 못하는 삼십 대 중반이다.
'만' 자를 붙여야 그나마 삼십 대 초반이라고 우길 수 있다니.

우렁 각시

"결혼하니까 집안일은 하나부터 열까지
다 내가 해야 해.
밥하고 빨래하고 청소하고 하루가
어떻게 가는지도 모르겠어.
나도 가끔 우렁 각시가 필요해 진짜……."

공부하는 남편을 따라와 보스턴에서 사는
동갑의 그녀와 수다를 한참 떨었다.
김이 모락모락 따끈한 밥 해놓고,
한껏 밀려놓은 빨래 해주고,
반짝반짝 윤이 나게 청소해주는
그런 우렁각시를 나는 삼십 년이나 곁에 두고도
모르고 살았다. 아주 미안하게 시리.

"나 배고파. 밥 줘" "세탁기 언제 돌려?
나 빨래 좀 해야 하는데……."

내가 안 해도 뭐든 알아서 착착 해주니까,
그 빈자리를 모르고 살았다. 그동안 군말 없이,
보이는 곳에서도 보이지 않는 곳에서도
삼십 년 넘게 나를 위해 애써온 내 우렁 각시,
우리 엄마.

올해 안에는 꼭 결혼해! 라는 소리만 안 하면
정말 좋겠는데.
그러면 오래오래 같이 살고 싶은데…….

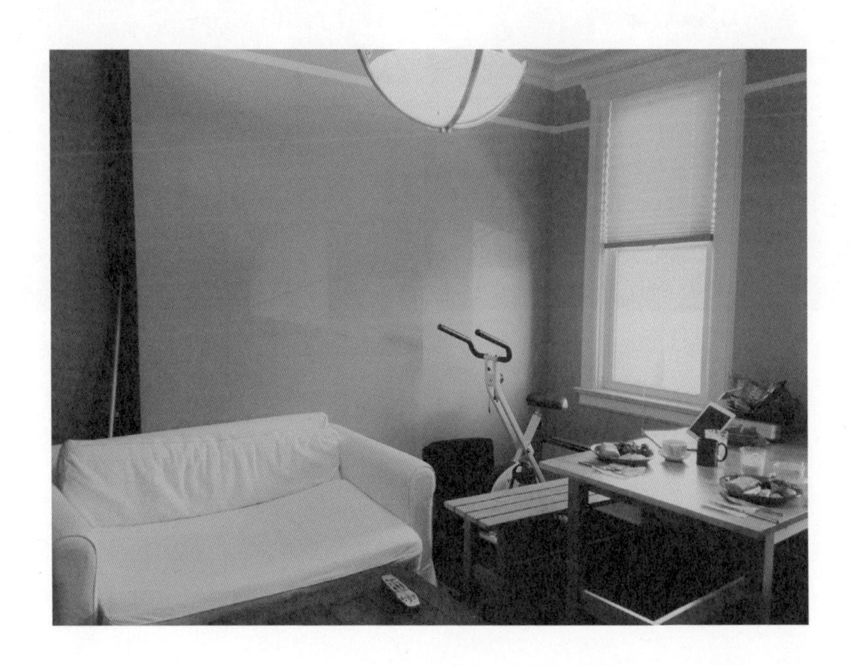

Time will tell

2014년 1월 29일

오늘의 하루는…….

초등학교 시절부터 일기 쓰는 걸 좋아했다.
연필심이 다 닳도록 단숨에 써내려간 일기장을 바라보며
쓱쓱 내 머리를 쓰다듬어주었던 기억이 시작이었던 것 같다.
좋을 때, 나쁠 때, 기쁠 때, 슬플 때
그때마다 난 펜을 꽉 쥐고, 종이 위에 무언가를 끄적이고 있었다.

어쩌면 그때부터 나는 쓰는 사람이지 않았을까?
글 쓰는 일은 정말 딴사람 혹은 별나라 이야기라고 생각해서,
글과 전혀 상관없는 대학, 공부, 취업까지 하며 삼십 년을 넘게 살아왔는데….
그렇게 돌고 돌아 진짜 내 길을 찾은 걸까?
아니면 내가 너무 짜 맞추는 건가?
시간이 더 지나보면 알게 되겠지.

그때그때 보고 느낀 걸 종이에 적어 내려가는 기록의 과정들이
나를 더 나은 사람으로 만들어 주는 거겠지?

바하마에서 데리고 온 작은 잔

꿈보다 더 꿈만 같았던 8박 9일 카리브 해 Bahamas 크루즈.
가끔씩 그때의 기억을 이 조그만 잔에 붓는다.
집게손가락 길이만큼의 작은 잔에서 까르르 웃음이 넘쳐흐른다.

카리브 해의 맑고 푸른 바다 안에서
바다 돌고래에게 먹이를 나눠주고 함께 유영했던,
물고기 니모들과 같이 바닷속 무지개를 감상했던,
그때의 기억이 되살아난다.

살면서 슬프고, 아프고 그런 날이 올 때마다
지금처럼 이 행복했던 기억들을 꺼내 들여다보면서
힘든 마음 다 이겨내야지…….

BAHAMAS

New York, it's just a big city like Seoul

"그러니까 너무 큰 기대는 갖지 마. 그러면 분명 실망할걸?"

한국을 떠나기 전, 한때 뉴욕커였던 지인의 당부에 콧방귀 끼었다.

아주 오래전 영화 〈뉴욕의 가을〉을 보며,
코발트색 지붕의 보트 하우스에 마음이 훅 간 뒤로는
뉴욕의 센트럴 파크에, 메트로 뮤지엄에,
엠파이어 스테이트 빌딩에, 자유의 여신상에 밑도 끝도 없는 환상이 생겼다.

그곳에서 먹는 브런치는, 그곳에서 보는 브로드웨이 공연은
뭔가 특별할 것이라는 착각에 빠졌다.
미국에서 must visit 해야 하는 한 개의 도시를 꼽으라면
그건 1초의 망설임도 없이 뉴욕이었을 만큼,
나에게 뉴욕은 그 어떤 도시보다도 매력이 철철 넘치는 도시였다.

하지만, 역시 환상은 깨지라고 있는 건가?
뉴욕을 여행하는 동안, 그동안 차곡차곡 쌓았던 환상이 와장창 깨지고 말았다.
그 must visit 도시는
생각만큼 우아하거나 세련되지 않았고
깨끗하지 않았으며 안전하지도 않았다.
브런치 맛도 서울 이태원의 어느 곳보다 더하지 않았으며
150불이나 주고 본 뮤지컬 〈시카고〉는 욕하면서 봤다.

'아~~~ 이게 뉴욕이구나.'
가보지 않았으면 몰랐을 것을.
어쩌면 내가 만들어낸 상상 속의 뉴욕처럼
지금 내 삶도 내가 보고 싶은 것만 보면서 살다가, 뒨통 당하게 되는 건 아닐까?
그러기 전에
내가 보고 싶은 것도, 내가 봐야 할 것도 다 골고루 챙겨 봐야겠다.
이상과 현실 그 사이에서 내 중심을 딱 잡고 살려면…….

THE WORLD'S LARGEST STORE
macy's
macy's
ASA GRADUATES!
ASA COLLEGE
sunglass hut
sunglass hut
venmo

진짜 부자는 마음의 여유가 있어야…….

사방이 탁 트인 샌프란시스코의 정경을 보겠다고
코잇타워에 오르기 위해 수백 개의 계단을 오르고 또 오른다.
계단 자체만 오른다면 힘들었을 길인데
그 양옆으로 푸른 정원을 가진 집들이 층층이 자리를 잡고 있어
보는 재미도 쏠쏠하다.

계단을 함께 오르는 언니도 신났는지
"여기 진짜 부자들만 산다고 그러더라.
딱 봐도, 나 돈 많아요. 라는 태가 나지 않냐?"라고 묻는다.

그때 눈에 들어온 그림엽서에나 나올 법한 집 한 채.
샌프란 베이 브릿지가 바라다보이는
저 집의 테라스에 앉아 넋 놓고 차를 마시고
수다를 떠는 건 대체 어떤 느낌일까?
없는 여유도 절로 생겨날 것 같은데…….

부자는 항상 마음에 여유를 두고 있기 때문에
그 여유에서 자신감도 나오고,
또 그 자신감으로 돈을 벌 수 있는 거 아닐까?
그렇게 한층 업그레이드된 여유가 생기는 거고

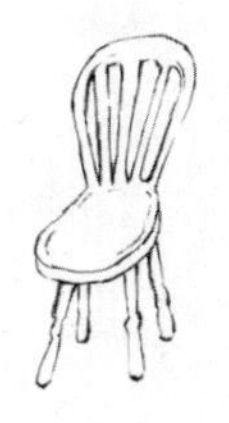

그래, 부자가 되고 싶다면
마음의 여유를 두고 사는 게 제일 중요하겠다.
부자는 돈이 많아서 여유로워지기도 하지만
여유로워서 부자가 되기도 하는 것 같다.

밖에서 봐야 제대로 보인다

샌프란시스코의 명물 트램을 타고
봄바람을 맞고 있을 때였다.

"롬바드 스트리트에서 내리실 분 준비하세요~"

한 무더기의 관광객이 내린 곳에 섰더니,
저 멀리 알카트라즈 감옥, 베이 브릿지를 시작으로
오밀조밀한 시내가 한눈에 보인다.

사람들을 따라 사진을 찍으며 내려가면서
'그래, 세상에서 제일 꼬불꼬불한 길이라는 건 인정!
근데 왜 여기가 아름다운 길이라고 하는 거지?'라는 생각을 했다.

다 내려오고 나서야, 그 이유에 대해 '아~~' 했다.
때로는
그 안에서 볼 수 없는 것이 밖에서 보이기도 한다.
문제든, 내 마음이든…….

그래서 사람들이 여행을 떠나는 건가 보다.

DO NOT
ENTER

NO
STOPPING
ANY
TIME
KEEP OFF
WALLS AND
ROADWAY

STAGE, 4

미련없이 너를 잊는 법

세련된 이별을 한 대가

"아얏!"

스파게티를 만들다가 칼에 손이 베이고 말았다.
친구를 초대해 놓고 기분이 방방 떴던 터라 방심했나 보다.
순간 피가 뚝뚝 떨어지고 욱신욱신 거리기 시작했다.
생각보다 깊게 베인 상처.
하지만 친구를 걱정시키고 싶지 않아 쿨하게 괜찮아! 라고 말해버리고,
몰래 반창고로 돌돌 감아버렸다. 며칠 뒤 그날의 상처를 마주한
그는 미안해 어쩔 줄 몰라 했다.

"왜 말 안 했니? 어떻게 이걸 참았어? 그때 응급실이라도 가서 꿰매야 했다고."

그렇게 날카로운 칼에 베인 자국은 평생 남는 상흔이 되었다.

너와 만날 때마다 난 '이게 진짜 행복이구나!' 싶었다.
조금도 예상 못 한 우리의 헤어짐이 내게 왔을 때
내 걱정 따윈 하지 마! 라며 세상에서 가장 세련된 이별을 해버리고 말았다.
그게 마지막 자존심을 지키는 방법이라고 생각했기에.

하지만 그때 말할 걸 그랬다.
나 너~무 아프다고.
그러니 가지 말라고.

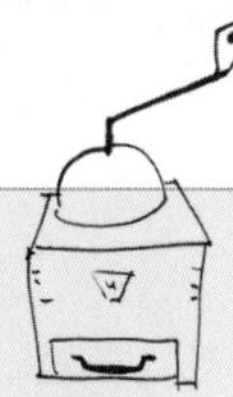

"왜 말 안 했니? 어떻게 이걸 참았어? 그때 응급실이라도 가서 꿰매야 했다고."

"MY WIFE AND MY MOTHER-IN-LAW"
ANON, 1888

단점 속에 숨겨진 장점

'뭐가 이렇게 비싸.
담은 것도 별로 없는데 389불이나 나왔네…….'

스타마켓에 장을 보러오면
꼭 필요한 것만 구매하는 편인데,
오늘따라 생각 없이 손끝에 닿는 대로 집어버렸다.
계산기 한판 안 두드리고.

생각해보니, 너를 사랑할 때도 그랬다.
마음 끝에서 나오는 진심이라
훈련도 연습도 없이 가능한 사랑이라
계산기 한번 두드려볼 생각을 못 했다.
너무 주기만 하다 끝난 사랑.

하지만 그게 모든 걸 다한 사랑의 장점 아닐까?
'더 사랑할 수 있었는데, 더 사랑했어야 했는데'라는 후회가 없다는 것.
'만약에', '어땠을까?'라는 물음으로 나를 괴롭히지 않는다는 것.

어떻게 보느냐에 따라 불행은 전혀 불행이 아니다.
그게 단점이 장점으로 변신할 수 있는 이유 아닐까?

결국, 다 지나간다

갑자기 비가 후두둑 후두둑 떨어진다.
창문 틈으로 들이치는 빗방울을 바라보며
코끝으로 비의 냄새를 가득 안는다.
이럴 때면 어김없이 생각나는 사람, 당신.
아주 간만에 한국 라디오를 켜니, 당신과 함께 따라 불렀던
이승훈의 노래 〈비 오는 거리〉가 흘러나온다.

"사랑한 건 너뿐이야 꿈을 꾼 건 아니었어.
너만이 차가운 이 비를 멈출 수 있는 걸……."

지난날 나를 돌아선 당신을 생각하며
후두둑 후두둑 떨군 눈물이 이 노래 안에 번져 있었다.
그 기억에 다가가지 않으려고 수년 동안 듣지 않았던 노래가
다시 내 귓가에 쏟아진다.
그리고, 나 혼자 다시 흥얼거린다.

"사랑한 건 너뿐이야 꿈을 꾼 건 아니었어.
너만이 차가운 이 비를 멈출 수 있는 걸……."

결국, 다 지나간다.
영영 지워지지 않을 것 같은 기억도, 추억도, 그리고 흔적까지도

전부 & 전부 중 하나

약간 글루미한 일요일 오후,
LA의 한 쇼핑몰을 걷다가 눈에 띄는 노천 꽃집을 발견했다.

"와 신기하다! 이렇게 여러 선인장이 화분 하나에 옹기종기 모여 있네."

그중 마음에 들지 않는 선인장 하나를 빼내도 화분이 죽지 않겠느냐고 묻자

"그거 하나 없어도 이 화분 잘살아요. 걱정 마세요. 모양이 조금 흐트러질 뿐이지."
라는 주인의 대답이 이어진다.

그래, 그래서 네가 나를 떠날 수 있었구나.
너는 나에게 전부였는데,
나는 너에게 그 전부 중 하나였으니까.

이별 탈출 가이드가 있었으면 좋겠어

"카니발 크루즈의 모든 탑승객은 한 분도 빠짐없이
오후 5시까지 갑판 2층으로 집결해 주시기 바랍니다!"

안내방송을 따라 1,000여 명이 넘는 사람들이 한자리에 모이자 선장과 부선장은
만에 하나 발생할지도 모르는 재해에 대비한 비상탈출 요령을 설명했다.
맨 먼저 스위트룸, 발코니룸, 인사이드룸 섹션을 나누고
해당 구역에 배정된 탈출 안내 담당 직원을 소개하는 것부터 시작해
비상 탈출구 위치, 구명조끼 입는 법, 구명정 탑승 법까지 말 그대로
배가 뒤집혀도 살아남을 방법을 꼼꼼히 일러주었다.

세상에는 생존 본능을 자극하는 탈출 요령 가이드가 쉼 없이 쏟아져 나온다.
비만 탈출, 몸치 탈출, 영어 탈출 가이드, 이렇게 수많은 가이드 중에
사랑하는 이와 헤어지고 살아남는 이별 탈출 가이드는 왜 없는 걸까?
잘 먹고 잘 자고 잘 웃으면서도 툭툭 탈탈 그를 마음에서 털어내는 초급편부터
'당신 부숴버릴 거야!'라는 배신 증후군을 극복하는 고급 편까지 나오면,
대대 대박 날 텐데…….

점핑 점핑

나의 버킷 리스트 6번에 큰 동그라미를 치고, 배에 올랐다.

미국 뉴욕 항에서 카리브 해의 바하마로 떠나는 크루즈를 타게 된 건

순전히 영화 〈타이타닉〉의 대사 두 줄 때문이었다.

You jump I jump, Rose!

I jump You jump, Jack?

죽음 앞에서도 호흡이 척척 맞는 대사를

날리는 주인공 잭과 로즈처럼

너를 위해서라면

용기 있는 잭도, 용기 있는 로즈도 될 수 있었는데…….

너와 함께라면

하늘 위든, 바다 위든 그 어디서든 뛰어내릴 수 있었는데…….

무모하지만 그래서 행복했을

1분을 100년처럼, 100년을 1분처럼 살 수도 있었는데…….

이제 와서 보니

나 혼자 잭도 되고, 로즈도 되면서 1인 2역 하는 사랑을 했던 거였네. 18!!

여우과가 아닌 곰과라는 거

첼시 마켓으로 향하던 중 들렀던 매그놀리아.
한때 즐겨보던 〈섹스 앤 더 시티〉의 캐리와 사만다는
바로 이곳에 들러 레드벨벳 케이크를 사 먹곤 했다.

아직도 기억하고 있는 사만다의 명대사.

"난 당신을 사랑해요. 하지만 나를 더~ 사랑해요."

'그래! 사랑은 이렇게 해야 하는 거지, 그렇지!'라고 말하고 싶지만,
한번 간이고 쓸개고 다 빼주는 눈먼 사랑을 해본 사람은
'내 간은 내 간이고, 네 간도 내 간이다.'라는
너보다 내가 먼저인 사랑을 하는 게 참 어렵다.
휴~
하지만 아무리 어려워도 사랑 그거 해야지. 그래야 시집가지.

매그놀리아 | 관광객은 컵케익을 사 먹지만, 뉴요커는 바나나 푸딩을 사먹는다.
개인적으로는 바나나 푸딩이 더 맛있었다.

니가 한 대못질

툭탁툭탁! 툭탁툭탁!

옆방에서 못질 소리가 들려왔다.

그 소리와 함께 되살아난 너의 못질 소리.

툭. 탁.

넌 참 못을 못 박았어. 뾰족한 날카로움에 네가 다칠까 봐

망치 한번 제대로 휘두르지 못했지.

그런 네가 제일 잘한 못질 딱 하나는, 내 가슴에 박은 대못질.

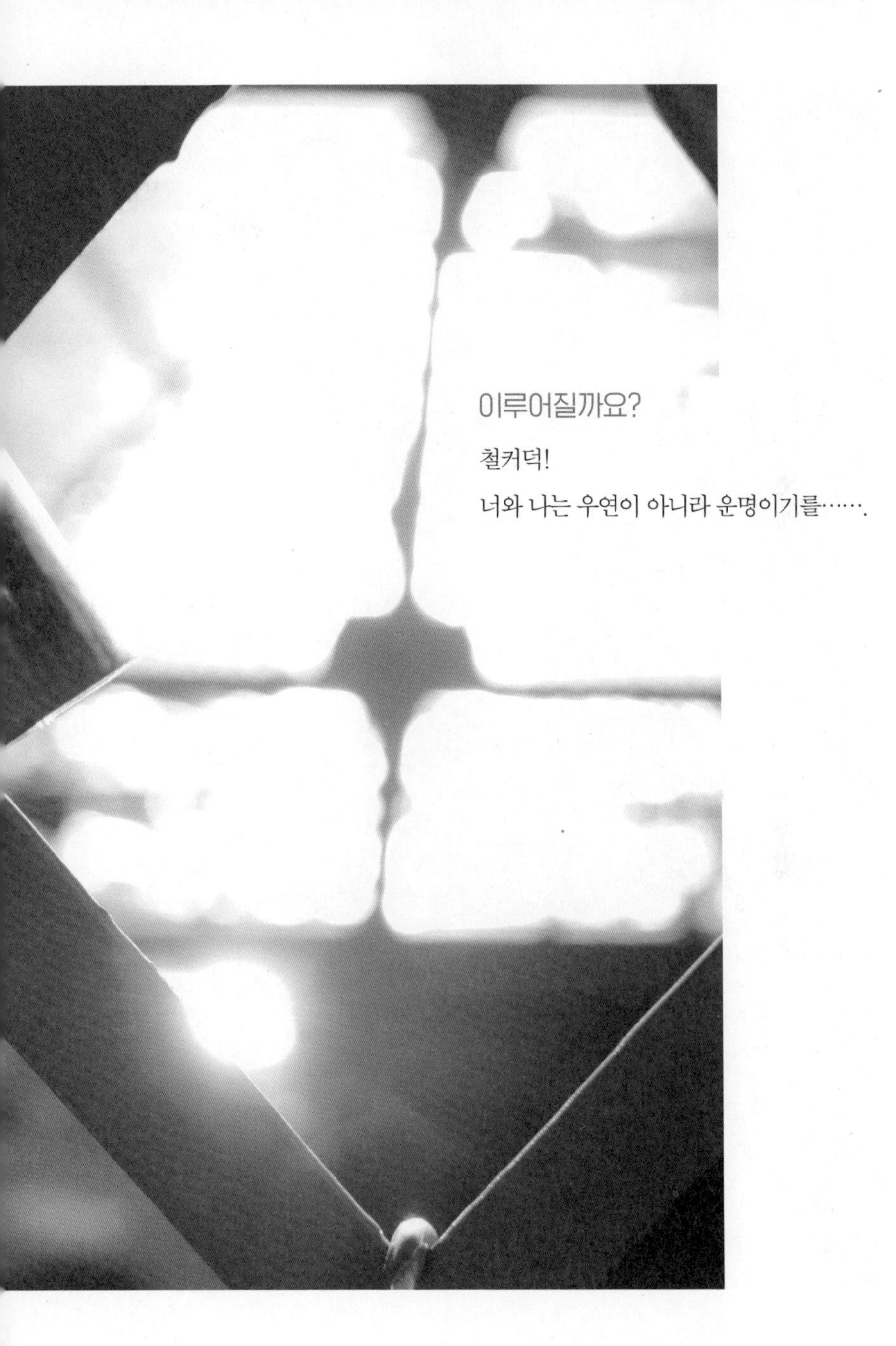

이루어질까요?

철커덕!

너와 나는 우연이 아니라 운명이기를…….

TRACK 1
my
This station
30825

인연을 잃지 않으려면…….

"시련이 아니라 실연이라고 써야 하는 거야."

영어-한국어 언어 교환 파트너인 마리아와 공부를 하는 날.
일주일 동안의 일기를 들여다보며 틀린 부분을 고쳐주고 있었다.
얼마 전 '실연'을 당한 아픔을 표현해내느라,
그녀의 일기장에는 '시련'이라는 단어가 빼곡했다.
시련과 실연이라는 단어를 구분 못 하는 그녀의 일기장을 보다가
문득 두 단어의 독음이 [시:련]이라는 사실을 발견했다.

어려움 혹은 그 의지를 시험해본다는 뜻의 시련.
시련을 잘 이겨내면 사랑을 얻지만, 잘 못 이겨내면
실연이 오는 게 아닐까?

Phone
Phone
RUFIE

미련 없이 너를 잊는 법

1) 아무 번호나 눌러 전화를 건다.
“이 번호는 없는 번호입니다.”라는 음성이 나오면
이 주인 없는 번호를 너의 이름으로 저장해 두고 문자 하나를 날린다.
: 안녕? 오늘 나, 무지 외로웠어. 글쎄 방에 덩그러니 있다가
벽보고 얘기했지 뭐야.

2) 미련이 넘칠 때 다시 문자를 보낸다.
: 나야. 어떻게 지내? 밥 잘 챙겨 먹고 아프지 말고, 나처럼.

3) 못 잊어서 술 풀 때 또다시 문자를 보낸다.
: 난데, 나 오늘 술 한잔 했다. 이 나쁜 놈아 못 먹고 못 살아라!
그렇게 응답 없는 너에게 미처 못 한 말을 문자로 대신한다.

4) 그리고 그것들이 차곡차곡 쌓여 쓰레기가 되었다 싶을 무렵,
‘안녕! 포레버’라는 마지막 문자를 끝으로
그동안 보냈던 모든 문자의 삭제 버튼을 눌러 버린다.
너에게 남아있던 미련까지도, 싹!!

사랑하고 싶다 VS 사랑 하겠다

North church 근처를 지나다가
〈Volle Nolle〉라는 꽤 재밌는 레스토랑의 간판을 만났다.
무슨 말이지? 궁금해서 뜻을 확인해보니,
독일어인 Volle는 배부름, 영어인 Nolle는 꼭대기란다.
이렇게 다른데 참 닮아 보이네.

닮은 듯 닮지 않은 두 단어처럼
'하고 싶다'와 '하겠다'는 닮아 보이지만, 분명 다른 뜻이다.
최소한 사랑 뒤에 붙을 때는…….
못 믿겠다면 한번 크게 소리 내서 읽어보자.
나는 너를 사랑하고 싶다.
나는 너를 사랑하겠다.

하다 말면 그만이라는 '하고 싶다'가
이게 아니면 끝이라는 '하겠다'로 둔갑해서는 안 되지 않을까?

Chef·Proprietor Peter Ballarin
since 1981
The Hungry I

마음도 배달되나요?

배를 침대에 떡하니 깔고 치맥을 생각해.
침이 꼴깍꼴깍 넘어간다.
나 동동주에 파전도 좋아하는데.
시간은 벌써 밤 12시.
저녁도 배부르게 먹었는데, 아~~~ 이유 없이 허기가 지네.

"피자 한 판이요!" "치킨 한 마리요!" "족발 중 짜리요!"

손가락 하나로 몇 초면 뚝딱 주문이 완료되는
야식처럼 너의 마음도 내가 주문하면
나에게 곧장 배달될 수 있으면 좋겠어.
그럼 네가 보고 싶어서
이렇게 허기지는 일 따위는 없을 텐데.

사랑과 이별의 공통점

사랑도 이별도 증거를 찾아 헤맨다.

사랑 : 진짜 사랑이라는 증거

이별 : 가짜 사랑이라는 증거

꼭 필요한 용기

혹시나 짝사랑 중이라면…….

나는 네가 쓸데없는 자존심보다

꼭 필요한 용기를 지닌 사람이면 좋겠어.

너 그만 내 인생에서 꺼져줄래?

말리부 비치가 한 눈에 내려다보이는 게티 빌라에서
몇 시간을 걷고 또 걸어서였을까?
발바닥이 너무 아파져 왔다.
결국, 걸을 수 없는 지경이 되자 숙소로 일찍 돌아와 버렸다.
양말을 벗고 아픈 곳을 살펴보니
전에 배긴 굳은살 안에 물집이 크게 잡혀 있었다.

이 굳은살이 문제였네.
그간 딱히 방법이 없어서, 시간이 지나면 나아질 거라서 그냥 뒀는데
점점 심해지고 있었던 거구나!
굳은살인 걸 처음 알았을 그때, 뭐라도 해야 했다.
가지고 있던 바늘로 굳은살 안 깊이 생긴 물집을 톡 터트리면서,
한국 가면 굳은살 제거 전문 피부과에 갈 거라 다짐했다.
어쨌든 이렇게 평생 불편하게 살 수는 없으니까…….

이별은 사랑한 만큼 아프다는데,
그 이별로 내 마음에 배긴 굳은살 같은 너.
이제 그만 내 인생에서 꺼져줄래?

게티 빌라 | 석유재벌 폴 게티의 자택이자 박물관으로 로마 폼페이의 양식으로 지어졌다고. 내부에는 그리스 로마에 관한 고미술품들이 전시되어 있다. 아름다운 정원을 걷고 또 걸으면서도 시간 가는 줄 몰랐다.

FRANCISCO
BIG BUS

숨바꼭질은 그만

한창 봄인 샌프란시스코의
유니온스퀘어 광장.

꽃잎을 따라 마음이 움직인다.
사랑한다, 사랑하지 않는다,
사랑한다, 사랑하지 않는다.
뚝뚝 떨어져 나가는 꽃잎 따위에
너의 진심을 매달리지 않게,
이제 그만 꼭꼭 숨기고, 말해줄래?

말하지 않으면, 알려주지 않으면,
나는 영영 모르게 되니까…….

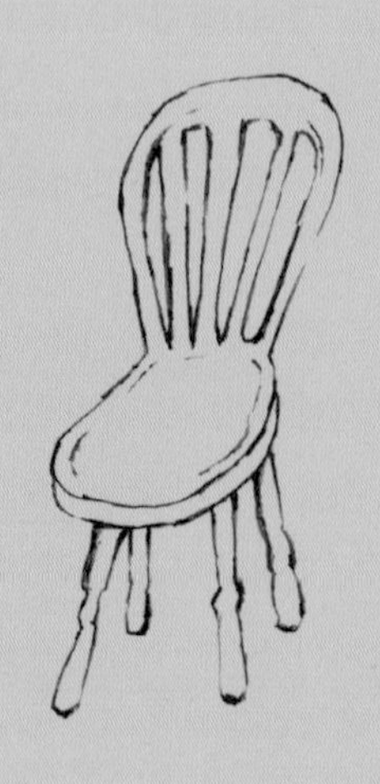

STAGE, 5

내일이 없는 것처럼

내 세상의 기준은 내가 정하는 거야, 서른이 넘는다는 건 I

Kenmore 역에 있는 신호등 앞에 섰다.

"에취!"

추워도 너무 추운 영하 18도의 날씨에서 발끝이 꽁꽁 얼어 가는데도,
신호는 바뀌지 않는다.
그때 나 다음으로 신호등 앞에 도착한 사람이
아주 익숙한 듯이 길을 건너가 버린다.
그다음으로 도착한 사람도 휙휙 지나가 버린다.
나도 더는 기다리지 않고, 그냥 길을 건넌다.

신호등.
언제 건너고 언제 건너지 말라는 내 안전을 위한 깜빡임이기에
살면서 참 열심히도 지키며 살아왔다.
그래야 맞는 줄 알았는데, 지키지 않고서도 여전히 잘 살 수 있는 거구나.

서른이 넘는다는 건
이 세상의 정해진 룰을 깨어가며, 내 세상에 들어맞는 기준을 찾아
나가야 하는 게 아닐까?

Eat, Pray, love를 한꺼번에, 서른이 넘는다는 건 II

"나 또 지르고 말았지 뭐야. 정신을 차리니,
이미 카드결제까지 완료된 상태더라고.
내일 밤 12시 비행기를 타고 발리로 떠나."
떠나고 싶을 땐 언제든 떠나는 행동파 스텔라가 작별 인사를 건넸다.

그녀와 만나면
줄리아 로버츠 주연의 영화 'Eat, Pray, love'를
몇 번이나 돌려 보고 또 돌려봤다.
거짓말 조금 더 보태서 99번?!

영화를 보던 스텔라의 강렬한 한 마디가 내 마음을 움직인다.
'Eat, Pray, Love. 나는 어느 것 하나도 포기하고 싶지 않아.
그게 나인 걸 뭐?!'

서른이 넘는다는 건
내 욕심에 솔직해진다는 거다.

HAND MADE
GLASS
PENDANTS
$18.00
Seattle
CLEVELAND
Oakland
SAN FRANCISCO
Palo Alto
San Jose
Woodland
Davis
Santa Cruz
MODESTO
Madrid
SPAIN

미국에서 딱 3개월만 살다가 오겠다던 내게
아직 미혼인 친구는 신신당부했다.

"부디 남자는 조심하지 말고 들이대는 사람 있으면
무조건 만나봐. 아예 하나 건져오면 더 좋고."
"어! 파란 눈이든 검은 머리든 안 가리고 No.1부터
No.10까지 딱 10명만 줄 세워서 만나고 오겠어.
새끼 칠게. 기다려!"

계획은
틀어져도
괜찮아.

이번엔 기필코 남의 눈치 안 보고,
이것저것 안 가리고 맘껏 연애해보리라 굳게 결심했다.
하지만 혼자 김칫국만 족히 10사발은 넘게 마셨나 보다.
내 마음에 퐁당퐁당 추파를 던지는 그에게
나는 반하지 않았고
마찬가지로 내 설렘 지수 급상승시키는 또 다른 그는
나에게 빽 가지 않았다.

덕분에 태어나 가장 짧은 시간에 가장 많은 친구를
사귄 시간이었고, 하루에 몸이 10개라도 모자란
스케줄을 꽉꽉 채운 날들이었다.
물론 그렇게 되기까지 개고생 좀 심하게 했지만.

살면서 원래 계획대로 딱 들어맞는 일은 많지 않다.
아니 대부분이 틀어진다.
하지만 그 틀어짐에 얽매이지 않고 열린 마음으로
그냥 가다 보면 그 끝에선 예상치 못한
보물을 발견하는 경우가 허다하다.
틀어졌다는 거 꼭 나쁜 것만은 아니다.

인생의 종합선물세트

"이건 완전체 세트라서 낱개로는 따로 못 팔아요."

한참을 집었다 놨다 했더니만 눈치 빠른 점원의 설명이 이어진다.

내 인생 최초의 뉴욕 그리고 빅토리아 시크릿.
그 방문을 기념 삼아 백수라는 신분을 잠시 망각.
큰맘 먹고 나를 위한 선물을 샀다.
내가 골라든 것은 2013년 리미티드 에디션 5종 세트.
안에는 향수, 바디로션, 립스틱, 립밤, 아이섀도가 들어있는데,
개 중에는 분명 맘에 들지 않는 것도 있었다.
하지만 5개 중 3개 반 정도가 마음에 든다면 그건 득템 아닐까?

생각해보니
꼭 한 번뿐인 리미티드 에디션판 내 인생도 전체로 보면
맘에 들지 않는 순간들이 있다.
행복하고 기쁘고 감사한 좋은 날들이 있으면
슬프고 아프고 힘든 싫은 날들도 분명 있으니까.
하지만 이 모든 순간이 모여 진짜배기 '내 인생'이 되고,
결국 해피엔딩이 되지 않을까?

전체로 보면 결국 해피엔딩.

크게 멀리 보면 비극이라는 건 없다. 해피엔딩이다.

행복, 사랑, 우정, 기쁨 등 좋은 감정들만큼

슬픔, 원망, 두려움, 걱정 등 힘든 감정들도 분명 있으니까.

짐은 가볍게

크루즈 여행을 떠나기 하루 전날.
후다닥 짐을 싼 뒤, 조그만 내 여행 가방을 보며 들떠있던 그때.

"너 이 캐리어 하나 달랑 들고 간다고?
8박 9일 동안 가는데, 이거 너무 작고 가벼운 거 아냐?
뭔가 빠뜨린 거 있는지 확인해봐."

아직 짐 싸기 삼매경에 빠진 친구 베키가 한 걱정이다.

내 캐리어 안에는
여행을 위한 모든 것이 빠짐없이 들어 있었다.
탱크톱, 핫팬츠, 긴 팔 셔츠, 칵테일 드레스 기타 등등.
혹시 부족함이 없는지 가방 안을 살펴보다가
갑자기 한국에 있는 내 방의 옷 무덤이 생각이 났다.

이 조그만 가방 안에도 봄, 여름, 가을, 겨울이 다 들어 있는데,
그동안 뭘 그리 욕심을 부리며 살았을까?
몸이 가벼워야 마음도 가볍다는데,
이제 여행이든 삶이든 꼭 필요한 것만 챙기는 습관 들여야겠다.
그나저나 그 옷 무덤 오기 전에 치웠어야 했는데….
엄마의 한숨 소리가 들리네. 에고~~

크루즈 | 미국 뉴욕 항에서 바하마로 가는 8박 9일 크루즈는 보통 600불 전후(인사이드 룸 기준)로 생각보다 비싸지 않다. 뉴욕 여행을 계획한다면, 도전해 볼 만하다. 가능하다면 일몰 전후의 타이밍을 맞춰보면 좋겠다. 자유의 여신상을 포함한 뉴욕의 야경을 공짜로 관람할 수 있기 때문.

기회를 살리는 데드라인

AT&T 콜센터로 전화를 걸었다.

'아 쫌! 받으라고. 제발…….'

쓰는 휴대전화기를 계속 사용하기 위해서는
오늘 밤 자정 안으로 비용을 충전해야 했다. 아니면 The End!
손가락에 모터를 달고 벌써 스무 통째.
하지만 계속 통화 중이다.
초인적인 인내력과 괴력이 무한대로 발사되는 시간이다.

"AT&T 서비스 센터입니다. 무엇을 도와드릴까요?"

새벽 11시 59분
아슬아슬하게 쎄입했다.

몇 월 며칠 몇 시까지라는 데드라인은
어쩌면 기회를 살려주는 결정적인 한 방일지도 모른다.

AT&T | 미국 이동 통신사 중 하나로, 제일 저렴한 요금제를 제공하고 있다.

at&t
at&t
at&t
$0 down
on the hottest smartphones
with AT&T Next
FASTEST
MOST
RELIABLE

SUN
MON
TUE
WED
THU
FRI
SAT
HOLIDAY
1
2
3
4
5
6
7
8
9
10
11
12
13
14
15
16
17
18
19
20
21
22
23
24
BIRTH DAY
25
26
27
28
29
30
31

속 끓이며 살지 않기로

"아, 없다. 내 다이어리!"

아무리 찾아봐도 보이지 않는다.

'잃어버리지 않으려고 그렇게 소중히 챙겼는데…….'

내 이니셜을 넣어 특별 주문 제작했던 이 세상에 딱 하나밖에 없는 다이어리였다.

게다가 그간 울고 웃었던 내 두 달간의 보스턴 생활을 고스란히 담은 기록인데

값으로도 매길 수 없는 소중한 아이템이 아니던가?

방금 식사를 마쳤던 타이 레스토랑으로 미친 듯이 뛰어갔다.

"유감스럽지만 아무것도 없어요."

주인의 말을 듣고

가슴에 총 맞은 것처럼 구멍이 뻥 뚫린 것만 같았다.

그날 집에 돌아와서 나는 아무것도 할 수 없었다.

밥도 못 먹고 잠도 못 자고 그렇게 한동안 시름시름 앓았다.

꼭 너를 잃었던 그때처럼.

나에게만 아픈 이별이었을까?

너에게도 힘든 시간이었을까?

이제 속 끓이며 살지 않기로 한다.

잃을 것은 어떻게든 잃게 될 것이고

얻을 것은 언젠가는 얻게 될 것이므로…….

세상 어디에도 외로움은 있다

'아, 외로워. 한국이라면 달랐겠지?'

뉴욕에서 사는 그녀는 외롭다는 말을 입에 달고 살았다.

맨해튼에서 브런치를 먹으면서도 브로드웨이에서 공연을 보면서도

즐거워 보이지 않았다.

끊임없이 업데이트되는 그녀의 외로움 타령.

미국에 살든, 한국에 살든

사람 사는 데는 다 똑같이 외로운가 보다.

하지만 외로워 죽겠는데

아무리 휴대전화기를 들여다봐도 그 많은 번호 중에서 전화를 걸 만한 사람이 없다.

서른이 넘으니 더더욱 그렇다.

나만 그런가?

나는 혼자라는 생각에 너무 외로울 때면

Gloria Gaynor 노래의 'I will survive'를 크게 틀어놓고 미치게 따라 부르거나

청양고추 팍팍 넣은 라면을 끓여 먹거나

아님 아이스크림 한 통 꺼내 슬픈 영화를 보며 엉엉 운다.

그래도 외로우면 불 다 꺼놓고 잔다.

일어나면 다 꿈이었다 싶게.

사실 외로움을 극복하는 방법은 아직 잘 모르겠다.

하지만 외로워도 결국 살아가야 하는 게 인생이니까

마음 안 떠내려가게 꼭 붙들고 한 번 살아가 보련다.

외로움에 대처하는 내공을 키우면서.

"BROADWAY'S BIGGEST BLOCKBUSTER"
WICKED
THE UNTOLD STORY OF THE WITCHES OF OZ
GERSHWIN THEATRE, 222 W. 51ST ST.
Broadway's Longest-Running Musical
THE PHANTOM OF THE OPERA
MAJESTIC THEATRE, 247 W. 44TH ST.
MAMMA MIA!
YOU ALREADY KNOW YOU'RE GONNA LOVE IT!
BROADHURST THEATRE, 235 W. 44th STREET
JERSEY BOYS
THE STORY OF FRANKIE VALLI & THE FOUR SEASONS
"THE CROWD GOES WILD!"
August Wilson Theatre
city outdoor
Kinky Boots
WINNER! BEST MUSICAL 2013 TONY AWARD
HARVEY FIERSTEIN
IT'S THE HARD KNOCK LIFE
Annie
#1 MUSICAL REVIVAL
ANNIETHEMUSICAL.COM
CLEARCHANNEL

하고 후회하는 게 낫잖아

'로스앤젤레스행 티켓 예약을 완료했습니다.'라는
확인 메시지를 받고는 '이거 욕심인가'라는 물음이 둥둥 떠올랐다.

통장의 잔액를 뻔히 알기에 겁도 났다.
하지만 지금이 아니면 또 언제?
이제는 어떤 욕심이라도 줄일 줄 아는 백수지만
여행 욕심만큼은 좀처럼 브레이크가 걸리지 않는다.
그래, 하고 싶은 여행 다~ 하고
한국 가서 다시 돈 벌자.
뭐 산 입에 거미줄은 안 치겠지.
죽을 만큼 아플 때 병원 가기 등 위급 상황을 위한 비상용 통장을 꺼냈다.
못하고 후회하는 것보다 하고 후회하는 게 나으니까.
결국, 가고 싶었던 LA, 라스베이거스, 그랜드캐니언,
샌프란시스코 4곳을 다 돌고 한국으로 돌아왔다.

돈도 없는 백수가 크루즈 여행, 뉴욕까지 가놓고는
이제 LA도 가겠다고? 나 정신 줄 놓은 거 아냐?
통장 잔액을 뻔히 알기에 조금은 겁도 났다.
이제는 통장이 '밥 줘!'라고 빽빽 울어댈 타이밍인데
하지만, 지금이 아니면 또 언제?
이제는 어떤 욕심이라도 줄일 줄 아는 백수지만
여행 욕심만큼은 브레이크가 걸리지 않는다.
왜냐면 여행은 다리가 떨릴 때 하는 게 아니라
가슴이 떨릴 때 하는 거니까.

선택은 버리는 과정

점심을 먹기 위해 Park Street 역의 어느 맥시칸 그릴 가게 안으로 들어섰다.

'뭘 먹지? 튜나 샌드위치를 먹을까, 치킨 브리또를 먹을까?
도통 못 고르겠어…….'

결국, 어떤 결정을 못 내린 채 계산대 앞에 섰다.
내 앞에 줄 선 사람들은 한 치의 망설임도 없이 원하는 걸 딱 내어놓는데
남들에겐 참 쉬운 일이 나에게는 왜 이렇게 어려운 걸까?
뭘 먹고 싶은지도 선택을 못 하는 내가 참 한심하게 느껴졌다.

집으로 돌아온 뒤 어떤 결정이든 쉽게 내리는 친구 마리아에게
전화를 걸어 자초지종을 설명했다. 가만히 내 얘기를 듣던 그녀가 물었다.

"넌 선택이 뭐라고 생각하니?"
"음……. 둘 중 하나 고르는 거 아닐까?!"
"아냐! 고르려고 하면 어려워. 내 생각엔 선택이라는 건 버리는 거야.
더 원하는 걸 택하기 위해 둘이든 셋이든 버리는 과정.
포기해야 하는 것을 실제로 놓는 거, 그게 선택이야.
물론 이따위 뭘 먹을까 하는 고민은 그냥 아무거나 해도 괜찮지만……."

그래 제일 원하는 것만 남겨두고 나머지는 다 내려놓는 것.
그걸 못해 그동안 그렇게 어려웠나 보다.

내일이 없는 것처럼

'뜨뜨뜨뜨. 뜨뜨뜨뜨.'

보스턴 초등학교 선생님 크리스에게 이메일 답장을 쓰던 중이었다.
한껏 정성 들여 쓰느라 평소보다 키보드 자판의 Backspace 버튼을
몇 배로 누른 것 같다.

Backspace 버튼.

이걸 누르면 마음에 안 들거나 틀린 부분 그 어떤 것이라도 고칠 수 있다.
우리 인생에도 이 버튼이 있다면 어떻게 될까?

한동안 나를 지독히도 괴롭혀왔던 그때의 선택이 아쉬워서
지난날의 그가 그리워서 자꾸만 거꾸로 가는 삶을 살다 보니
지금의 삶을 온전히 누리지 못했다. 하지만 이제는 조금 알 것 같다.
확 delete 해버리고 싶은 삶이 아니라면 그래도 그건 나름 괜찮은 인생일 테니
무를 수도 고칠 수도 없는 시간을 live well, laugh often, love much for a day.
오늘이 마지막 날인 것처럼.
한 번도 상처받지 않은 것처럼.

아무리 눌러대도 무를 수도 고칠 수도 없는 인생.
이제부터는 하루하루 더 자주 웃고, 더 자주 기뻐하고, 더 자주 행복해하련다.
춤추라, 아무도 바라보고 있지 않은 것처럼
사랑하라, 한 번도 상처받지 않은 것처럼
노래하라, 아무도 듣고 있지 않은 것처럼
살라, 오늘이 마지막 날인 것처럼
지금 있는 그대로 느끼면서 살자.

좋으면 미치도록 좋아하고
싫으면 하늘이 두 쪽 나도 세이노를 외치고
아프면 죽을 만큼 아파하고
행복하면 구름 위를 뛸 듯이 기뻐하고
그렇게 살다 보면 뭐.

dance
as though no one is watching you,
love
though you have never been hurt befo
sing
as though no one can hear you,
live
as though heaven is on earth. -souza

"이것아! 거기서 남자 하나 못 건져오면
집에 발 들여놓을 생각도 하지 마. 아님 독립해!"

엄마에게서 국제 전화가 걸려왔다.
초등학교 동창회 모임에 나갔다 오셨단다. 된장!

'그때'가
조금만
늦을 뿐

"니가 대체 뭐가 못났냐. 얼굴이 못났냐, 공부를 못 했냐…….
멀쩡하게 다니던 직장 때려치우고 벌써 일 년 반이 넘었는데.
다 늦어서 무슨 글이냐. 그냥 취업이라도 다시 해.
그래야 시집이라도 가지.
어쩌려고 그러냐. 나이라도 적으냐고. 다 때가 있는 거야.
내가 너만 보면 속 터진다. 속 터져."

내게 쏟아 붓는 엄마의 목소리가 순간 많이 떨렸다.

"………………"

평소 같으면 내가 동네북이야, 왜 이렇게 뺑뺑 차고 다니냐며
뭐라 대들었을 텐데…….
딸년 잘되라고 말하는 엄마의 진심 어린 넋두리 앞에
나는 아무 대꾸도 할 수 없었다.

그래 다 때가 있기는 한 거다.

하지만 나는 조금 늦는 것뿐인데

엄마! 나 이제야 하고 싶은 걸 하고 있어.

미안해 근데 늦은 김에 조금만 더 늦을 게.

빨리는 못 가도 제대로 가고 있으니 걱정하지 마세요.

솔직한 상처

감기를 심하게 앓고 난 다음부터는 일부러 과일과 채소를 챙겨 먹게 되었다.
이 타국 땅에서 내 몸은 내가 돌봐줘야 하니까.
마트에서 유기농 사과 한 봉지를 사 들고 집으로 돌아왔다.
물에 깨끗이 씻던 중 발견한 흠집.
한 봉지에 들어있는 6개의 사과 중 절반인 3개가
군데군데 상처가 나 있었다.

"뭐 이렇게 불량을 팔고 그러냐?
선진국 아메리카는 선진국이 아닐 때가 너무 많아.
싸기에 한꺼번에 사뒀는데. 낚였어. 진짜."

하나하나 직접 골랐으면 절대 안 집었을 사과라며 씩씩거리다가,
문득 측은해진 상처 난 사과.
반을 쫙 갈라보니, 속은 멀쩡했다. 맛은 말할 필요 없이 끝내주고.
솔직한 상처 때문에 맛의 퀄리티까지 의심받고 억울했을 터.
생각해보니 내 상처 난 삶도 그런 것뿐이었는데
마음 가는 대로 움직여서 다치고 깨져 생긴 솔직한 상처
이 상처를 안고 더 멋진 내가 되는 게
모르는 척 괜찮은 척하다가 결국 병들어 버리는 삶보다는 낫지 않을까.

North End 거리 | 보스턴의 작은 이탈리 'little Italy'로 불리며, 초기 보스턴에 정착한 이탈리아 사람들이 모여 사는 곳이다. 이탈리아식 젤라토 가게, 와인샵, 커피숍, 레스토랑이 즐비하다. 현지인들이 줄 서서 먹는 Mike 패스추리 가게는 꼭 가봐야 할 장소.

나를 멋진 사람으로 변하게 하는

North End의 어느 와인샵에 들렀을 때였다.

"세뇨리타. 뭘 도와드릴까요?"

세뇨리타?? 예쁜 아가씨??
그 말에 주인이 추천하는 비싼 와인 한 병을 질러버렸다.
하지만 어때?! 예쁘다는데.
예쁘다는 말은 듣고 또 들어도 좋다.
이렇게 질리지 않는 말인데,
매일 거울을 들여다보며 '아, 나도 내가 눈부셔!'라고 외쳐보면 어떨까.
남들이 들으면 '미친…. 니가 이연희냐? 거울 좀 보고 다녀.' 하고
욕 들어 먹겠지만, 이연희가 아니니까 좀 눈부셔 보려고 하는 거다. 왜!

예쁘다, 최고다, 잘하네. 이런 칭찬의 말들이
나란 사람을 얼마나 쑥쑥 키워주는지 알고 있으니까.
까짓거 돈이 드는 것도 아니고 시간이 드는 것도 아닌데,
매일매일 해줄래.

나쁜 여자

의료 명상 프로그램 MBSR의 공개 강연이 열리던 날이었다.

"용서할 수 없는 사람이 있다면 용서하지 마세요.
미워하고 싶은 사람이 있다면 미워하세요.
이년 저년 소새끼 개새끼 맘껏 욕하고 미워하세요."
강사의 말에 집중하던 중에 뜨거운 눈물이 자꾸만 흘러내렸다.

착해야 한다. 남을 미워해서는 안 된다.
베풀며 살아야 한다. 원수도 사랑해야 한다. 등등
착한 사람이 되는 메뉴얼을 잘 지켜온 건 결국 나였다.
그래서 손해 보고 아픈 사람 또한 나였다.

그동안 '너는 착한 사람이니까….'라는
꼬리표를 달아준 세상에 닥쳐! 라며 거침없이 하이킥 날려주고
꼭 한 번뿐인 인생, 내 감성에 솔직하며 살아야겠다.

나를 보자 보자 하더니 보자기로 본 그놈 그년들.
그대들은 내 데쓰 노트 맨 첫 페이지에 쓴다.
영광인 줄 알어!

남이 짜놓은 착한 여자 세상에서 엑스트라 역은 그만 은퇴하고
내가 감독인 나쁜 여자 세상에서 주인공으로 열연하며 살아야겠다.
얼마나 걸릴지는 모르겠지만,
나보고 착해지라 강요해주던 명상 책부터 싹 버리는 것을 시작으로.

MBSR | Mindfulness-Based Stress Reduction, 동양의 명상과 서양 의학을 접목한 의료 명상 프로그램인데, 이것 외에도 불교 명상에 심취하는 미국인들 많이 봤다.

Calcite
Calcite
$CaCO_3$
Quincy Mine, Hancock, Hough
Michigan
USA
126742
skifjordur, Sudur
Calcite
51.7 ct.
$CaCO_3$
Montana
USA

What doesn't kill you makes you stronger

죽음에 가까운 고통을 겪게 되었을 때 사람들은 두 가지 중 하나의 길을 선택한다. 생을 마감하든지 혹은 더 크고 단단한 사람으로 태어나든지.

15세기 이탈리아 대리석과 조각상으로 만들어진 예쁜 정원.
그리고 마티즈, 렘브란트, 미켈란젤로 등 엄청난 작가들의 작품이
방마다 넘쳐나는 이사벨라 가드너 뮤지엄.
나만 알고 남들은 모르면 좋겠는 보스턴의 시크릿 플레이스다.
해설사의 설명을 곁들어 박물관을 구석구석 둘러보았다.

"이사벨라 여사는 이곳을 팰리스라고 부르고 실제로 팰리스만큼
아름답게 만들기 위해 모든 걸 쏟아 부었죠. 하지만 이곳의 아름다움은
그녀의 눈물에서 비롯되었답니다. 끔찍이도 사랑한 아들을 잃고
죽을 만큼 아파할 때, 남편이 그녀를 위로하기 위해 떠난 여행이 그 시작이죠."

그녀의 눈물은 결국 보석이 되었다.
살면서 죽을 만큼 아픈 고통 앞에 서 있다면
'이 시간은 나를 강하게 만들어주는 시간이다!'라고 주문을 외워보자.
'잘되려고 아픈 거다.'라며 끝까지 가보자.

그래 다시 한 번 주문을 외워보자!

이사벨라 스튜어트 가드너 뮤지엄 | huffington Post가 세계에서 가장 아름다운 박물관 정원으로 선정했다. 세계 4대 박물관 중 하나로 꼽히는 보스턴 미술관 MFA보다 더 마음에 들었던 곳. 하지만 내부는 사진 촬영이 엄격하게 금지된 상태.

나이를 먹어도 반가운 이유

"서프라이즈! 생일 축하해!"

해가 반짝이던 날 친구들의 뒤늦은 서프라이즈 생일 파티가 열렸다.

'아, 이렇게 한 살 더 먹는구나.'

곧이어 그들이 정성스럽게 준비한 선물 보따리가 내 앞에 놓였다.
내가 가장 좋아하는 선물인 책부터 페로몬 향기 UP 시키는
짓궂은 향수 아이템까지 참 다양도 하다.

문득 그런 생각이 들었다.
인생에는 참 여러 종류의 선물이 있다는 것.
내 마음에 쏙 드는 반가운 선물이 있는가 하면
기대한 만큼의 평범한 선물도 있고, 전혀 예상치 못한 아리송한 선물도 있으며
또 받자마자 인상이 찌푸려지는 기대 이하의 선물도 있다.
나이를 먹으니 내 이름 앞으로 날아온 선물이
나를 이롭게 하는지 아닌지를 알아보는 '감'이 조금씩 생기는 것 같다.
한 살 더 먹어도 반가운 이유라며 서른넷이 된 나를 위로한다.

내 이름 앞으로 날아온 선물이 나를 이롭게 하는지
아닌지를 알아보는 '감'이 생긴다.
한 살 더 먹어도 반가운 이유다.

단언컨대 진짜 기적은

어느 휴대전화기 광고에서 배우 이병헌이 차근차근 읊조리는
'3일만 세상을 볼 수 있다면…….'은
헬렌 켈러의 자서전 〈Three Days To See〉의 이야기다.

헬렌 켈러가 다녔던 보스톤 퍼킨스 Boston Perkins 맹인 학교에 들러봤다.
눈 때문에 휴교령이 내려진 캠퍼스를 바라보며
'단언컨대 본다는 것은 가장 큰 축복입니다.'라는 메시지가 떠올랐다.

헬렌 켈러에게 3일 만이라는 기적은 우리에게는 너~무나도 당연한 일상이다.
돌이켜보니 기적이란,
아침이 오면 눈을 뜨고 밤이 되면 눈을 감는 것.
그 사이 무사히 하루를 보내는 것이 아닐까?
이 책을 읽고 있는 우리는 모두 기적을 사는 중이다.

Welcome

앉으나 서나 생각나는 그거

"지금이 아니면 영영 방향을 못 틀 것 같아서요."

한국의 어느 사립 중학교 선생님이었던 그녀는
매달 25일이면 나오는 월급 통장 명세서를 내려놓는 게
제일 어려웠다고 고백했다.

"스물아홉이 된 생일 아침에 세수하다가 문득
내가 하고 싶은 일이 대체 뭐였을까? 모르겠더라고요.
하지만 분명한 건 이걸 모른 채 남은 몇십 년을 살 생각을 하니
눈앞이 아찔해진다는 거였어요."

부모님도, 남친도 아니고 오로지 자신만 생각해봤을 때
내린 결론은 미뤄둔 공부를 하자였고, 그게 미국에 온 이유라고 했다.

대학원 졸업 후 북한 인권 운동 단체에서 일하고 싶다는 야무진 그녀를 보며 나의 스물아홉 시절을 생각해봤다.
생각해보니 20대의 끝에서도 서른의 큰 산을 제대로 넘지 못했던 것 같다.
막연히 지금보다 더 나은 일을 하고 있을 거라는 생각을 했을 정도.
조금 늦은 시작이 걱정스럽다는 그녀에게 내 이야기를 꺼냈다.

"20대에는 내가 하고 싶은 일이 뭔지를 알게 된 것만으로도 성공한 것 같아.
어떤 사람은 인생의 절반이 지나도록 못 하는 일을 넌 20대에 한 거잖아.
난 너보다 조금 더 늦은 걸 뭐, 거기다 백수야.
하지만 왜 그런 말 있잖아. '시작은 미약하였으나 그 끝은 창대하리라.'
앉으나 서나 생각나는 그거, 우리 하면서 살자."

늦는다는 건 제대로 가고 있다는 게 아닐까?

다른 사람을 위한 마음은 Turn off

"이번 주에 스키 타러 같이 가자!"

케리로부터 온 문자.
처음 사귄 친구의 제안이지만 썩 내키지 않는다.
Yes or No 대답을 망설이며 휴대전화기를
만지작거리다가 Turn off 버튼을 눌렀다.

어떤 결정을 할 때
다른 사람을 위한 마음은 잠시 꺼두어도 좋겠다.
조금은 이기적으로 들릴 수도 있겠지만
한 번 뿐인 인생 이제는 내가 먼저이고 싶다.
남이 아니라.

"이번 주에 스키 타러 같이 가자!"
Yes or No 대답을 망설이는 문자를 눈앞에 두고
핸드폰을 만지작거리다가 Turn off 버튼을 누르고 말았다.

어떤 결정을 앞에 두고
다른 사람 마음에 상처 주기 싫어하는 편이라
내가 손해를 보면서 살아왔다.
하지만 결국은 내가 제일 행복한 게 다른 사람도 행복하게 하는 것 아닐까?
한 번 뿐인 인생, 다른 사람을 위한 마음을
가끔은 꺼두어도 좋겠다.

다른 사람을 위한 마음은 잠시 Turn off.
나를 위한 마음은 Turn on.

ƧИIAЯT

내 인생을 읽는 법

'어라, 이거 무슨 뜻이지?'

오늘도 T를 타고 빨빨거리며 보스턴 곳곳을 접수(?) 중이다.
South Station 역에 갔다가 주위를 둘러보는데,
내 눈앞에 턱 하니 들어온 'ƧИIAЯT OT' 표지.
영어도, 스페인어도 아니고. 너 도대체 정체가 뭐냐?
내 눈앞에 있는 글씨를 두고 순간 까막눈이 되는 기분.
읽을 수 없으니 너무 답답했다.

혹시나 하는 마음으로 거꾸로 읽어보니 'TO TRAINS'이다.
그제 서야 '아……!'싶었다.
이렇게 쉬운 걸. 이토록 간단한 걸……

넘치는 암호로 가득해 보이는 내 삶을 읽는 일도
어쩌면 이렇게 쉬운 일인지도 모르겠다.
간단히 생각하며 살아야겠다.

보스턴의 지하철 | 미국 최초의 지하철로, subway
라고 안 하고 'T'라고 한다.
보스턴은 버스, 지하철 등 공공 교통수단이 잘 발
달하여 차가 없이도 대중교통으로 웬만한 곳에 갈
수 있어 살기에 편하다.

TO TRAINS

천천히 조금씩 하면… 영어 I

"안 들려요. 안 들려요. 뭐라고요?"

미국 입국 수속할 때부터 한동안 소심해져 말을 많이 안 했다.
내가 말한 게 틀릴까 봐. 저들이 못 알아들을까 봐. 그럼 무지 쪽팔리잖아.
그러게 공부 좀 하고 올걸…….

예전엔 비즈니스 출장을 다닐 만큼 꽤 한다고 생각했는데
손 놓은 지 몇 년이 지나니까 영어가 도로아미타불 됐다.
아는 사람 하나 없이 완전한 '서바이벌 in 보스턴'이니
살려면 영어 공부를 안 할 수 없었다.

결국, 매일 따로 시간을 내서 라디오를 듣고,
좋은 문장을 받아 적고 외우며
랭귀지 파트너 만들어 영어를 다듬기 시작했다.
물론 상점 다니며 종업원과 대화하고,
아는 길 일부러 묻고 다니며
관심 있는 meet up 모임에 나가
공부한 거 자꾸 써먹는 건 기본이라 말하면 입 아프다.

그렇게 조금씩 내 걸로 꼭꼭 씹어가며
하루하루 내가 다 할 수 있는 걸 다 했다.

하지만 며칠 공부했다고 확 눈에 띄게 좋아지나?
여전히 안 들리지. 말 못하지. 첫술에 배부를 순 없지.
그런데 대박!
어느 날 문득 막혔던 영어가 벼락같이 터진 거다.

예전의 갈고 닦았던 영어 실력이 되살아난 거다.
그렇게 나는 보스턴 차 Tea 박물관 직원과
미국의 독립혁명에 관해 얘기를 나누고
보스턴 초등학교 선생님 크리스와
남자, 연애, 결혼에 대한 대화를 즐기면서 살았다.
물론 초·중딩 수준의 어휘 구사력이라
대화 내용은 손발이 오그라들지만…….

천천히 조금씩 하는 것의 장점은 지치지 않는다는 것.
가끔 더 빨리, 더 잘하고 싶은 내 욕심 때문에 힘들지만…….

근데 솔직히 즐기는 방법은 잘 모르겠다.
'즐겁게 하다가 잘하게 된' 그런 내공은 아직 못 쌓았다.
좀 더 살아보면 쌓이려나?

틀려도 당당하게! 영어 II

영어, 참 징그럽게 공부했다.
초등학교를 시작으로 벌써 몇 년이지? 참 긴 시간이네.
그렇게 찾아 헤매던 영어 잘하는 비결을 서른이 넘고서야 터득했다.
보스턴 영어 선생님 오드리를 만나고서.

스페인어가 배우고 싶어 쉰 살이 되기 전에 멕시코로 어학연수를 떠났다던 그녀.
틀릴 때마다 너무 창피해서 쥐구멍이라도 찾고 그럴 때
멕시코 친구의 한방이 들어간 한마디 'we don't care, but you care.'가
큰 힘이 되었단다.
그리고 내게

"우리는 네가 영어를 잘하는지 못하는지 상관 안 해.
근데 왜 쫄고 그래? 틀리면 어때? 네가 네이티브도 아닌데."

'You speak, I listen.'이라던 그녀의 말 덕분에
아무리 틀려도 뻔뻔하게 말하는 영어 내공이 생겼다.
물론 한국 와서 홀랑 다 까먹고 있지만.

그래도, 파란 눈의 외국인이 길을 찾아 헤맬 때
쫄지 않고 도와줄 깜냥은 그대로다.
틀리면 어때? 내가 네이티브도 아닌데
'I speak, You listen.'일 뿐.

어떤 일에 도전할 때 다른 사람의 반응에 신경 딱 끄자.
틀릴까 봐 조마조마, 맞는지 아리까리 그만하자.
틀려도 당당한 애티튜드, 그게 제일 중요하다.

완벽한 인생 예보

미국에 머무르는 내내 일기 예보 듣는 걸 무척 좋아했다.
왜냐? 똑 떨어지게 잘 맞았으니까.
비가 온다고 하면 비가 왔고
눈이 온다고 하면 눈이 왔으며
해가 난다고 하면 해가 났다.
정말이지, 싱크로율 99.9%를 자랑하는 일기예보 덕 톡톡히 보며 살았다.

인생에도 이 정도로 딱 들어맞는 예보 같은 게 있으면 어떨까?
오늘은 상사한테 엄청나게 깨질 테니 그넌 혹은 그놈을 위한
데스노트 준비하고, 내일은 이유 없이 슬플 테니 스마일 캐릭터가
대문짝만하게 프린트된 손수건 준비하고,
모레는 기다리던 인연이 짠하고 나타날 테니 풀 메이크업에
드레스 업 하고 나가라고.
그럼 서른넷이라는 나이에 걸맞게
예고도 없이 나타나는 준비 못 한 순간들 앞에서 속수무책 당하지 않게.
오히려 '어 드디어 왔구나.'라며 그 앞에서 쫄지 않고 여유 좀 부리게.

NEXT
PRESENTATION

인생은 도박과 같다

"자, 베팅하시겠습니까?"

라스베이거스 패리스 호텔의 카지노장.
블랙잭 테이블에서 한참을 구경만 하다
이리저리 살펴 신중하게 30불을 걸었다.
그리고 딱 2배의 돈을 벌었다.
바보팅이! 300불을 걸었으면 600불이 생기는 건데.
이렇게 간이 콩알만 해서야…….

Go해 말아?

잠시 후 큰맘 먹고 베팅한 100불. 5분도 채 안 돼서 다 잃었다.
에고 에고~~~ 차라리 비싸고 고급진 와인 한잔이나 할 걸.
Go를 하든, Stop 하든 그 결과도 다 내가 떠안아야 하는 거네…….
잃은 100불의 값비싼 교훈을 생각하며
싸구려 와인 한잔하러 간다.
다음번 도박할 때는 꼭 따야지 하면서…….

BALLYS

중요한 건 내 기준

한때 커피 마니아 된장녀였던 내가 놓칠 수 없었던

샌프란시스코의 blue bottle coffee.

그냥 지나칠 수 없어 사람이

덜 붐빈다는 페리마켓 지점에 갔다.

하지만 직장인, 학생, 여행객들로 줄이 쫙~.

약 20여 분을 기다려 갓 뽑아낸 아메리카노 한잔을 받아들었다.

후루룩 후루룩 급하게 맛을 보았다.

소문이 자자한 커피라 너무 기대한 탓일까?

'아 된장! 드럽게 맛없네.'

너무 시큼하고 쓰다.

간장녀로 1년을 넘게 살아왔더니

아, 정녕 된장녀의 커피 맛을 잃어버린 건가?

아니면 된장녀로 살아왔을 때도 남들이 맛있다 해서 맛있다고 했던 건가?

나는 맛이 없었을지도 모르는데…….

그래 남들이 좋다고 나에게도 좋은 건 아니다.

이제 간장녀든 된장녀든 상관없다. 중요한 건 내 기준이 아닐까?

내가 딱 중심을 잡고, 내가 가고 싶은 곳 가고, 내가 되고 싶은 사람이 되면,

그러면 되지 않을까?

리버티 Liberty 호텔 | 보스턴의 찰스 강이 바로 보이는 곳에 위치, 1990년까지 감옥으로 쓰다가 2007년에 개관한 보스턴의 고급호텔. catch me if you can의 실제 주인공이 이곳에서 수감되었다고 한다. 실제 창살까지 그대로 이용할 정도로 교도소의 특징을 잘 살렸다.

모든 벽에는 문이 있다

달걀을 세우는 방법에 대해서 들은 적이 있다. 그건 한쪽의 껍질을 깨서 세우면 끝. 쉬워도 너무 쉬운 걸 우리는 미처 생각해내지 못할 때가 많다. 다르게 생각하기 전까지는.

친구와 함께 찰스 강이 바로 보이는 Liberty 호텔의 어느 bar 가게 됐다.

"이 호텔이 원래는 감옥이었다고? 어쩐지 저 창살이 남다르다 했어."
"응! 이 호텔은 이전 교도소의 구조를 거의 그대로 사용해 리노베이션을 했대. 2007년에 오픈한 뒤로 꽤 유명해졌지. 박당 400불이 넘는 고급호텔인데도 이용객이 많은가 봐. 하긴 이런 호텔 흔하지 않잖아."

교도소가 고급호텔이 되었다니. 대반전이다.
불가능해 보이는 것 속에서 가능을 볼 수 있다면…….
그렇다면 위기는 반전의 기회가 되고, 벽은 또 다른 문이 될 수도 있지 않을까?

너와 나 다를 뿐, 틀린 게 아냐

보스턴 하면 클램 차우더가 제일 먼저 생각이 날만큼 참 많이도 먹었다.
보스턴을 떠나고도 그 맛이 어찌나 생각나던지…….
Pier 39에 갔다가 우연히 만난 샌프란시스코의 클램 차우더.
참새가 방앗간을 그냥 지나갈 수 있나?!
너무 반가운 마음에 그 자리에서 바로 한 입 맛보았다.
그나마 유명하다는 Boudin 베이커리에서 샀는데도,
그 맛은 밍밍하고 텁텁해 실망했다.
뽀얗고 쫀득한 보스턴의 클램 차우더 맛에 한 참 못 미쳤다.
하지만 얘 역시 클램 차우더.
다만 이건 샌프란시스코 스타일일 뿐.
생각이 여기에 미치자, 샌프란식 클램 차우더의 고소한 맛이 느껴졌다.

결국, 다른 것뿐이지 틀린 건 아니다.
그동안 살면서 내 기준으로 남이 옳다, 그르다를 판단했으니
나도 남도 증말 피곤했겠다.

결국, 다른 것뿐이지 틀린 건 아니다.
누구나 다 이 나이에 경제적인 안정,
단란한 가정이 있어야 하는 건 아니지 않나?
꼭 뭔가 되어 있지 않고, 여전히 뭔가 되어가는
현재 진행형도 괜찮지 않나?
이게 끝은 아닐 테니까.

클램 차우더 | 대합을 넣은 야채수프 요리로, 보통 바게트에 넣어서 먹는다.

VE CRAB
HOT CLAM CHOWD
ALIOTO'S
EST. 1925
ALIOTO'S
#2
THE
Crab Station
at
Fisherman's Wharf
#2 Fresh Crab . Clam Chowder . Fried Seafood
Sabella & LaTorre's
TOW-AWAY
NO STOPPING
ANY
TIME

G. d'ANDELOT BELIN
BOW ROOM
가볍게 살아야지

'내가 뭘 찾고 있었더라……?'
책상 서랍을 정신없이 뒤적거리다가 눈에 들어온 다른 물건에
정신 팔려 진짜 찾는 게 뭔지 잊어버리고 말았다.

아, 된장! 기억이 안 난다.
'이건 깜빡 정도가 아니라, 까맣게 지워진 거야.
나이 먹는 것도 서러운데…….'
이 dog 정신, 진짜 개나 갖다 줘버리고 싶다.

그나저나 나 어제 뭐 했더라?
맞다. 보스턴 커먼에 다녀왔다. 아니다. 그건 그제다.
그럼 그제는? 그리고 일주일 전에는?

기억이 안 난나.

생각해보니, 오늘 아침 그렇게 미친 듯이 찾아 헤매던 게
뭔지도 이렇게 쉽게 잊어버리는데,
한 달 전, 일 년 전의 나를 뒤덮었던 고민이나 걱정은 뭐였는지
기억조차 나지 않는다.

지나보면 이렇게 아무것도 아닌데,
왜 그때는 세상이 끝날 것처럼 한숨 푹푹 쉰 거지?
아무리 힘들어도 오늘뿐이고 지금뿐인데…….
그래, 가볍게 살자!!!

나를 지키는 용기

“우리 저걸 탄다고?! 미친 짓이야.”

라스베이거스의 가장 높은 전망대 위에 있는 놀이기구를 앞에 두고
두 친구가 탈지 말지 망설이고 있었다.

“멍청하고 미친 짓이지만, 신나는 일이잖아.
저거 지금 안 하면 평생 못할 텐데?!”

그 둘의 말에 나도 용기를 냈고, 두 발을 움직였다.
놀이기구 앞까지 갔지만, 난 결국 타지 않았다.
지구 땅끝까지 꺼지는 심장 때문에
평생을 두고두고 짜릿해질 수 있는 경험이지만
무엇보다 내 생명줄이 우선이니까.
여기서 심장마비라도 당하면 누가 나를 거둬 주느냐며,
나 자신을 지키는 용기를 내는 거다 싶었다.

경험해보고 싶은 것을 위해
나를 던지는 것도 용기지만,
때로는 나를 지키는 것도 또 다른 용기이지 않을까?
설사 비겁해 보이더라도…….

스트라토스피어 stratosphere 호텔 | 라스베이거스에서 가장 높은 타워가 있고, 그 타워 꼭대기에는 가수 성시경도 탔다는 아주 아주 무서운 놀이기구가 있다.(세계에서 무서운 3대 놀이기구에 속한다고 들었다.) 난 그저 보는 것에 충분히 만족했다. 이 호텔에서 묵었는데 이 호텔 투숙객은 타워 전망대도 공짜로 올라갈 수 있고, 놀이기구도 할인된다.

먼 훗날 후회하지 않으려면

해가 반짝 나던 어느 화창한 토요일,

'Old but not Old ladies'라는 meet up 모임에 나갔다.

내 나이의 거의 두 배를 살아오신 미국 할머니들의 인생 이야기를 듣고 싶어서다.

그중 나를 제일 편하게 대해주시는 한 분께

"제 나이 30대로 돌아가면 뭘 제~일 하고 싶으세요?

혹시 앞으로 꼭 해보고 싶은 버킷리스트 같은 거 있으세요?"라고 묻자

할머니는 내 나이에 꼭 필요한 조언을 해주신다.

"나는 말이야, 남들 다 갖는 버킷리스트 따위는 없어.

다 거기서 거기잖아. 세계 여행, 책 100권 읽기, 스카이다이빙 등등

내 나이에 살짝 무리지만 도전해보고 싶은 것들이잖아.

근데 그것보다는 먼 훗날에 '할 수도 있었는데, 해야 했는데'라는 일을

지금 만들지 않는 게 더 중요한 것 같아, 내 생각엔

가장 늦은 때는 없다고 말하지만 늦은 때는 진짜 늦은 거야."

내일을 위한 69개의 버킷리스트에 얽매이는 것보다

오늘! 후회할 일을 만들지 않는 게 더 의미 있는 일일지도 모르겠다.

지랄 총량의 법칙

"나는 사춘기를 좀 세게 앓았어. 친구 돈도 훔쳐봤고 가출도 해봤고.
경찰서 들락날락 거리면서 남자 문제로 부모님 속 많이 썩혀드렸지."

순한 양처럼 보이는 서른 살의 그녀는 고등학교 시절,
자신이 트러블메이커였음을 담담하게 털어놨다.

문득 어디선가 주워들은 '지랄 총량의 법칙'이 떠올랐다.
일생을 살면서 해야 하는 지랄은 총량이 있다던데,
어렸을 때 그 지랄을 다 못 떨면 어른이 되어서 마저 떨게 된다는.
돌아보니 야자 안 빠지는 건 기본이고, 부모님께 받은 참고서 돈은
꼭 참고서에 쓰고. 모범생도 아닌 그냥 착한 학생 딸로 살아온,
고분고분하게 조용히 지나간 내 사춘기 시절의 지랄.

못 떤 건지 안 떤 건지.

그 덕분에 20대 후반부터 지금까지
말끝마다 지랄을 입에 달고 지금 이 지랄을 떨고 있나 보다.
하지만 다 떨고 나면 이 지랄이라는 말을 끊을 수 있을까?
흔들흔들 불안불안하는 방황도 멈추고
엄마가 원하는 대로 '평범하게' 잘 살 수 있으려나…….
'우리 큰 딸 좋은 남자 만나 시집가게 해주세요'라는
엄마의 기도도 그칠 수 있으려나…….

하지만 다른 총량의 법칙은 다 총량대로 그 수명을 다해도,
여행 총량의 법칙만은 무한대로 증가했으면 좋겠다.

PLEASE DO NOT
OVERFILL THE
TRASH BAG. IF
FULL, IT IS TIME
TO TAKE OUT THE
TRASH.

마음 다이어트

"야! 쓰레기가 꽉 차면 그때는 쓰레기통을 비울 타이밍이야.
안 그럼 어후~ 알지?! 넘치는 거."

Nanny로 일하는 자취생 Bonnie의 집에 놀러 갔다가
그녀와 함께 쓰레기를 비웠다.

생각해보니, 유행 지난 구닥다리 노란 원피스도,
한 귀퉁이 찢겨나간 사각 도토백도,
그리고 유통기한이 지난 너의 추억도,
쓸데없이 마음만 차지하고 있었다.

죽느냐 사느냐의 문제도 아니건만,
뭘 그렇게 못 버리고 마음에 부둥켜안고 살았는지…….
이러다가 내 인생도 의미 없는 것들과 함께 통째로 버려지는 건
아닌지 불안해졌다.

넘치기 전에 비우면서 살아야겠다.

미국은 분리수거를 하지 않는 나라다. 쓰레기 분리수거만큼은 우리나라가 선진국이다.

인생의 시험지

사람으로 빽빽한 MIT 대학교의 HAYDEN 도서관.
'시험 기간 중이니 정숙해 주세요'라는 페이퍼가 벽에 붙어있다.
얼~ 역시 수재생들은 열공 모드구나.
예전에 대학 다닐 땐 나도 참 열심히 였는데
하지만 딱 한 번, 밤을 꼴딱 새워 준비한 학기말 고사에서
게거품 물었던 적이 있다.
'이런 된장, 준비한 게 하나도 안 나왔어. 어떻게 해~~.'
답일 리 없는 답을 붙들고 시험지를
마주하고 있는 기분은 정말이지. 똥줄 탄다. 진짜.
시간은 가고 답은 모르겠고 시험지는 제출해야겠고.
결국, 에라 모르겠다는 심정으로 아무렇게나 적고 나와
겨우 낙제를 면했다.

내 인생의 시험지를 붙들고 있는 심정이 그때와 참 닮아있다.
답을 잘 모르겠다는 이유로
직업, 결혼, 출산, 노후라는 질문에 남들과 같은 뻔한 답을
체크하고 있었던 건 아닌지, 서른이 넘었다는 이유로
나도 모르게 마음이 급해져 오답에 손이 가고 있는 건 아닌지,
이참에 리체크 좀 해봐야겠다. 꺼진 불도 다시 봐야 하니깐.

하버드 VS MIT | 개인적으로 MIT가 더 마음에 들었다. 하버드는 도서관 내부나 건물 내부에는 외부인이 들어가기가 쉽지 않다. 학생카드가 있어야 출입할 수 있기 때문에 문 앞에서 짜증 좀 많이 났다. 세계 최고의 명문대인데도 그 폐쇄성이 좀 갑갑했다. 그에 비해 MIT는 건물 내부며, 도서관이며 외부인에게 개방되기 때문에, 종종 가서 구경도 하고 공부도 하고 그랬다.

라자냐 | 이탈리아 파스타 요리 중 하나. 얇게 반죽이 된 파스타 면에 속 재료를 넣고 오븐에 구우면 한 끼 식사로 그만이다.

인생의 레시피는 단 하나가 아니다

나의 페이버릿 파스타 라자냐.
집에서 만들어보겠다며 요리 레시피를 펼쳐 든다.
장까지 봐가며 나름 야심 차게 재료를 준비했다고 생각했는데.
재료를 다시 살펴보다가 아차! 싶었다.
'앗! 파마산 치즈 가루를 안 샀다.
어라, 있는 줄 알았던 쇠고기도 없네. 양송이는 살짝 맛이 갔어.
이런 된장!
하지만 뭐, 이 없으면 잇몸으로 사는 거라는데,
재료 몇 개 없다고 못 만들쏘냐!!!'

인터넷을 뒤지니 감사하게도 라자냐의 레시피는 무진장 다양했다.
시금치 라자냐, 가지 라자냐, 소시지 라구 라자냐,
두부 라자냐 기타 등등.
조리의 내용을 들여다보니 파마산 치즈 가루는 아예 넣지 않아도
괜찮았고 쇠고기는 돼지고기로 대신할 수 있었으며
심지어 치즈가 없이도 라자냐 그 자체를 만드는 데는
전혀 문제가 없었다. 제일 마음에 드는 레시피를 참고해서
만든 라자냐의 맛은 나름 훌륭했다. 자뻑인가?

하지만 내가 먹을 건데 내 입맛에 맞으면 되지.
그래 인생도 뭐, 결국 내 멋으로 사는 거니까.
그렇게 살다 보면 누군가가 그 맛에 '좋아요.' 백만 개
꾹 눌러주는 그런 삶이 될 수 있을지도 모른다.
레디 액션!

솔드아웃이 되기 전에....

"또 솔드아웃예요?"

비콘힐 스트리트의 어느 grocery 상점에서 판매하는 영국식 홈메이드 샌드위치.
꼭 먹고 싶었는데, 일일 한정 모닝 메뉴라서 갈 때마다 품절 되곤 했다.
그렇게 결국 단 한 번도 못 먹고 보스턴을 떠나야 했으니…….
아, 지금 생각해도 된장 × 10개!!!

한때 '고객님 이거 딱 하나 남았네요.'라는 솔드아웃 멘트 앞에
이런저런 명품을 구매하곤 했었다.
물론 사면 '죽을 때까지, 아니 딸한테 대물림하면서 써야지.'
라는 특이한 계산법을 앞세워서.
하지만 명품과 여행, 둘 중 하나를 골라야 할 때는
머리가 지끈거릴 만큼 고민 참 많이 했다.

이제 백수가 되고서는
명품 살래, 여행 갈래 물으면 당연히 여행이 먼저다.
내 삶이 예고도 없이 솔드아웃 되면 어쩌나 싶어서…….
요즘에는 나이 서른에도 시한부 인생을 선고받거나 불의의 사고로
세상을 뜨는 사람이 왜 이렇게 많은 건지…….
명품은 그저 조금 나중으로 미루는 것일 뿐.
돈 많~이 벌 때까지, 아니면 돈 많~은 남자 만날 때까지…….
이런 내게 친정에 온 내 쌍둥이 여동생은

"너 요즘 거울 보기는 하냐?
니 그 으리으리하던 패션 센스는 다 어쩌고,
티 쪼가리에 청바지만 입고 쏘다니냐.
아이고, 저 명품 가방 위로 먼저 폴폴 얹는다.
화장 좀 하고 다녀. 니 남자가 왔다가도 그냥 가겄다. 쯧쯧."
혀를 차며 나를 안타까워한다.

아휴, 그래 이 상태로는 돈 많이 버는 편이 더 빠르겠다.

비콘힐 스트리트 | 유럽풍의 붉은 벽돌로 지어진 건물들이 줄지어 있는 보스턴에서 손꼽히는 부촌 중 하나다. 다양한 상점, 갤러리, 레스토랑, bar 등이 자리하고 있는데, 걷다 보면 마치 영국의 어느 거리를 걷고 있는 착각이 들 정도.

두 번째 기회를 열어두는...

"이렇게 흐린 날씨는 일 년에 며칠 안 되는데 오늘이 그날이네요."

그랜드 캐니언의 그랜드한 장관은 햇볕이 쨍쨍한 게 제맛이라며
오늘 날씨를 나 대신 아쉬워해 주는 가이드의 안내 멘트.

'이런 된장, 가는 날이 장날이라고 날씨가 왜 이 지랄이냐'
투어버스 안에서 날씨 욕 한 바가지 하면서 갔다.
하지만 흐리다가 보슬비까지 내리는 그랜드 캐니언을 막상 바라보는데
마음은 오히려 괜찮아졌다.
이런 날씨의 그랜드 캐니언을 볼 수 있는 '운 좋은' 사람은 정말 몇 안 되므로…….
덕분에 평생에 한 번뿐이었을 그랜드캐니언을 다시 와야겠다고 다짐했다.
맑은 날씨의 그랜드 캐니언을 상상하면서…….
'언젠가 꼭 한번 다시'라면서…….

인생이 생각대로 되지는 않지만,
생각대로 되지 않아서 생각지 못한 일들이 일어나고 있기는 한 것 같다.

평생 한 번 뿐인 그랜드 캐니언인데,
그래서 일부러 왕복 10시간이 넘는 사우스림으로 가는데.

그랜드 캐니언 | 라스베이거스에서 출발하는 그랜드캐니언 사우스림 투어는 100불 내외 정도, 가까운 웨스트림보다 조금 멀지만, 훨씬 더 그랜드한 장관을 가진 사우스림을 추천한다.

골든 게이트 파크 | 관광객에게는 의외로 덜 알려진 샌프란시스코의 명소. 뉴욕의 센트럴 파크보다 더 넓은, 세계에서 인공으로 조성된 공원 중 가장 규모가 크다고, 원래는 사막이었던 땅을 50년에 걸쳐 개간해서 지금의 거대한 공원을 만들었다고 들었다. 숲뿐만 아니라 인공 호수와 연못까지 있어 실제로 가보면 어마어마하게 크다. 서울에도 이런 숲 같은 공원이 생겼으면…….

잔가지는 댕강 잘라낼 테다

"우리 메타세쿼이아 숲길 걷자~"

게스트 하우스의 룸메이트인 그녀는 그렇게 나를 골든 게이트 파크로 안내했다.

조그만 도심 공원인 줄 알았던 골든 게이트 파크는 거대한 숲 그 자체였다.
하늘로 쭉쭉 뻗은 메타세쿼이아 길을 우와~감탄하며 걷는데
유독 키가 작고 왜소한 나무들이 눈에 띄었다.
왜 그럴까 유심히 살펴보다가 잠시 후 고개를 끄덕이게 되었다.
크지 못한 나무들은 줄기에 불필요한 잔가지들을 주렁주렁 매달고 있었던 것.
나무는 큰다고 열심히 큰 걸 텐데,
키는 못 크고 쓸데없는 가지만 저렇게 키운 거네. 쯧쯧…….

혹시 내 꿈도 저런 걸까?
열정이 과해서 욕심을 키운 건 아닌지
자신감이 과해서 자만을 키운 건 아닌지
기다림이 과해서 속병을 키운 건 아닌지.
커 가는 길 내내 중간 중간에 피드백해야지.
불필요한 잔가지들 댕강 잘라내면서 가야지.

길을 잃은 게 아니라 마음을 잃은 거다

"순간접착제 좀 가져다줄래?"

친구의 익숙한 손놀림으로 한방에 딱 붙어버린 욕실의 선반
마치 그런 일이 없던 것처럼 보인다.

떨어져 나간 마음도 이렇게 딱 붙여주는 접착제 어디 없나??
어디를 가든 무엇을 하든, 몸 가는데 마음도 따라간다면
천하무적이 될 텐데…….
마음을 찾으면 안 보이던 길이 보이게 될 텐데…….

거울을 본다. 그리고 나에게 건네는 인사.
안녕! 오랜만이야.
얼굴 한번 보자, 어디 하나 안 떨어지고 멀쩡해 보이네.
눈도 코도 입도 다 붙어있는데 근데 니 마음이 떨어져 나갔잖아.
몸만 가면 어떻게 해? 어디를 가든 마음을 데리고 가겠다고 약속해줘.
기억해! 너는 길을 잃은 게 아니라 마음을 잃은 거라는 걸.
마음을 찾으면 길이 보이게 될 거야.

1% 더 맞는 선택

드라마 〈너의 목소리가 들려〉 의

『S#7』 secene number 7 '1% 더 맞는 선택'

장혜성 : 그래도 결정할 때 갈등도 안 했어요?

차관우 : 안 해요.

난 처음 딱 들었을 때 1%라도 더 맞는다고 생각하는 쪽으로 결정하거든요.

장혜성 : 그래도 저쪽 조건이 더 좋았다던데, 후회 안 돼요?

차관우 : 그러니까 1%가 더 중요한 거예요. 반대로 결정했으면

지금보다 1% 더 후회할 거 아닙니까.

힘든 결정의 순간 앞에서

용기를 불어넣어 주는 일곱 음절 '1% 더 맞는 선택' 덕분에

나는 지금 보스턴에 와 있다.

짝짝짝!!! 박수를 보낸다.

앞으로도 이렇게 1% 더 마음이 가는 선택을 해줘야지…….

어떤 결정 앞에서 용기를 불어넣어 주는 일곱 음절 '1% 더 맞는 선택'.

보스턴에 오기 전

'1% 더 맞는 선택'에 대해 머리가 쥐나도록 고민했다.

갈까 말까를 한없이 끝없이.

그리고 내린 '1% 더 맞는 선택'으로 나는 보스턴에 와 있다.

오늘 하지 않으면, 내일 1% 더 후회하고 말 그 선택을 한

지금의 나에게 '짝짝짝' 박수를 보낸다.

EXIT

시절 인연

만날 사람은 어떻게든 만나고,

일어날 일은 어떻게든 일어난다.

간절히 원하는 게 이루어지려면

어떤 사람이 365일 매일같이 신 앞에 나가 이렇게 빌었다.

"신이시여, 제발 제발 복권에 당첨되게 해주세요."

그의 간절한 기도에 마침내 신이 응답했다.

"인간아, 제발 제발 복권을 먼저 사거라."

복권도 안 사고, 당첨이 되냐고!!

나도 사람이라 내가 한 노력에 비해 큰 결과를 바란다.

하지만 치사하게 아무것도 안 하고 그냥 주세요! 라는 기도는 안 한다.

간절히 원하면 이루어진다는 믿음은 행동으로 완성되는 게 아닐까?

그래야 내 마음은 우주요, 우주와 나는 하나요. 라는 씨크릿,

아님 씨크릿 할아버지라도 오시지 않을까?

간절히 원하면 이루어진다는 믿음은

몸을 써야지. 머리를 쓰고, 그렇게 행동을 해야지

낯선 곳에서 살아보기

펴낸날 초판 1쇄 발행 2015년 5월 04일
초판 2쇄 발행 2015년 5월 23일

지은이 윤서원
펴낸이 최병윤
마케팅 이진영

펴낸곳 알비
출판등록 2013년 7월 24일 제315-2013-000042호
주소 서울시 마포구 성산로 144(성산동 275-56), 302호
전화 02-334-4045
팩스 02-334-4046
이메일 sbdori@naver.com
홈페이지 www.realbooks.co.kr

종이 일문지업
인쇄 · 제본 (주)알래스카 인디고
디자인 Design Group all

ISBN 979-11-86173-19-0 (03810)

'알비'는 '리얼북스'의 문학·에세이·대중예술 브랜드입니다.